고독한
이방인의
산책

고독한 이방인의 산책

The
Random
Thoughts of
a Solitary
Wanderer

Daniel Tudor
다니엘 튜더
지음

김재성
옮김

문학동네

삶은 온통 낯선 나라다.

잭 케루악

차례

샌프란시스코의
어느 날

휴대전화가 번쩍거렸다. '엄마'라고 떴다. 예상한 대로였다. 멀리 떨어져 사는 불효자 외아들을 늘 그리워하시니까. 내게 정기적으로 전화를 걸어오는 사람은 어머니가 거의 유일하다. 내 또래나 더 젊은 세대는 이제 전화 통화를 끔찍이 싫어한다. 전화가 걸려오면 나는 화면을 들여다보며 '도대체 왜? 그냥 문자 보내시지' 하는 생각이 드는데 이전 세대는 이런 반응을 의아하게 여길 것이다.

"요새 괜찮은 여자 좀 만나봤니? 밥은 잘 먹지? 술이나 먹고 돌아다니지 않았으면 하는데…… 아니지?" 이런 빤한 질문을 예상하며 심호흡을 하고 전화를 받았다.

그러나 그날은 달랐다. 정말 용건이 있으셨다. "네 아버지가 어리석은 짓을 하셨다." 이젠 괜찮으시고 정말로 자살하려 했던 건 아니라며 나를 안심시킨 뒤, 어머니는 아버지에게 전화기를 넘겼다. 미리 연습한 듯도 하고 강압에 못 이긴 것 같기도 해 묘하게 납치 인질과의 통화처럼 느껴졌다. 병원에 다녀왔고 치료를 받고 있으며 이따위 어리석은 짓을 다시는 되풀이하지 않겠다고 아버지는 말씀하셨다. 전화기를 낚아챈 어머니도 아버지가 다시는 그런 어리석은 짓을 하지 않을 테니까 걱정하지 말고 절대 집에 오거나 그러지도 말라고 하셨다.

그러고는 통화가 곧 끝났다. 당연히 집에 다녀와야 했다.

당시 나는 샌프란시스코에서 한 친구와 벤처 기업을 운영하고 있었다. 앱을 막 출시한 터였으며, 벤처 창업에 따르는 온갖 끝없는 시련에도(실리콘밸리의 전설 마크 앤드리슨의 말처럼 도취감과 공포라는 두 가지 감정밖에 경험할 수 없는 곳 아닌가) 전망이 꽤 밝았다.

하지만 가족은 피할 수가 없다. 죄책감도 그렇다. 부모님에게서 멀리 떨어져 살고 어머니가 바라는 전통적인 삶을 여태껏 피해온 터라 항상 무거운 죄책감을 안고 있었다. 내가 런던에 있는 은행에 취직하고 동료 직원과 결혼해 아이 둘을 낳고 산다면 어머니는 더없이 행복해하셨을 것이다. 우리는 주말마다 찾아뵐 테고, 어머니는 그동안 친구들에게 질리게 들어왔던 것처럼 손주들이 첫말 뗀 얘기와 당신은 무얼 선물 했는지 같은 이야기를 당당히 들려주며 빚을 갚을 터였다. 그러나 나는 방랑벽이 심했고 저 바깥세상에는 더 많은 무언가가 나를 기다리고 있을 거라는, 어쩌면 근거 없는 예감을 갖고 있었다. 언젠가는 반드시 어머니를 놀라게 해드릴 거야. 그 전까지는 한쪽은 갈망을 안고 살고 다른 한쪽은 다하지 못한 책임감에 짓눌려 살 수밖에 없어. 늘 어머니의 행복이냐 내 행복이냐의 양자택일 앞에 선 느낌이었는데, 결국은 나의 자기도취적 방랑벽에 주로 끌렸다.

'상황이 정리될 때까지' 부모님 곁에 있어야 한다고 자신을 타일렀다. 무슨 지침서가 있는 일도 아니어서 기간이 얼마나 걸릴지는 짐작도 하기 어려웠다(결국 여덟 달이 걸렸다). 다음 항공편으로 히스로공항을 경유하는 비행기에 곧장 올랐고, 이튿날 도착해보니 공교롭게도 3월 6일, 영국의 어머니날이었다.

평소 검소한 편인데다 영국 택시비는 터무니없이 비싸지만 상황이 상황인 만큼 맨체스터공항에서 부모님 집까지 택시를 타고 가야 할 것 같았다. 30분 후 나는 황급히 꾸려 온 짐을 들고 현관 앞에 섰다. 문을 열어준 어머니는 벌써 코트를 입고 손에는 큰 가방까지 들고 계셨다.

어머니는 나를 보자마자 울음을 터뜨렸다. 말씀을 잇지 못하시는 걸 보고 최악의 상황을 상상하지 않을 수 없었다. 아버지는 안 계신 듯했다. 아버지는 은퇴 후 바깥나들이가 좀처럼 없던 분이셨다. 무슨 일이 일어난 걸까? 어머니가 간신히 울음을 삼키고 무척 다행스러운 소식을 전했다. 나랑 통화하신 뒤 다시 자살을 시도하셔서 입원했지만 이제 괜찮으실 거라며 어머니는 마침 병원에 가려던 참이라고 덧붙이셨다.

나는 잡지 몇 권과 음악 들을 때 쓸 이어폰처럼 아버지가 좋아할 만한 물건을 조금 챙겼다. 물론 이어폰은 병원 도착 즉시 압수당했다. 아버지가 처한 현실의 비정상성을 고려하지 못한 채 무심코 쑤셔넣은 거였다. 이글스를 좋아하시니까 이어폰이 필요할 거라고 짐작했을 뿐, 생쥐 한 마리 매달기도 버거울 2밀리미터 굵기의 이어폰 선을 자살 기도에 쓸 수도 있다는 생각은 못했다.

이어폰을 내려다보고는 간호사에게 건네주었다. 처음으로 눈물이 났다.

어머니를 따라 병실로 들어갔다. 아버지는 허깨비나 다름없는 모습으로 앉아 있었다. 뼈대만 남은 난파선 같았다. 떠

다니는 나뭇조각마냥 덧없어 보였다. 일어서면 더욱 쪼그라들었고, 어머니나 의사가 지시하는 대로 실내를 걸었다. 아무리 허약하고 자신감 없는 사람이라도 최소한의 존재감이나 지키고픈 자아상쯤은 있는 법인데 이토록 무참히 체념한 인간의 모습은 충격이었다.

아버지는 자꾸만 몸을 떨면서 죽고 싶다는 말을 반복하셨다. 이어폰 압수와 같은 사유로 구두끈을 풀어간 의사들이 15분 간격으로 들어와 상태를 점검했다. 아버지는 우리를 사랑하지만 죽고 싶고 사실은 우리도 죽어야 한다고 생각한다고 말씀하셨다. 하도 뜻밖이라 놀랐지만, 나는 간신히 조금 빈정거리는 투로 웃으며 "야아, 고맙기도 하시지"라고 대꾸하고 말았다.

입원은 한 달간 이어졌고 최고 강도의 항우울제가 투여되었다. 아직 불안하지만 더는 자살을 원하지 않는 정도로 호전되고 나서야 집에서 일상생활을 해도 된다며 퇴원 결정이 내려졌다.

요즘 아버지는 아주 멀쩡하다고 하신다. 이만하면 우리가 기대할 수 있던 최상의 결과라 할 만하다. 하지만 한 가지가 계속 마음에 걸린다. 평생 수많은 트라우마를 겪으셨고 내가 서너 가지는 댈 수 있는 이유로 오랫동안 심각한 우울증을 앓으셨는데도 아버지는 삶의 방식이나 지난날을 돌아보도록 제대로 권유받은 적이 없다는 것이다. 의사들은 그저 왜 자살을 생각할 만큼 우울한지 아느냐고 물었고, 아마도 부끄러워서 그랬을 테지만 아버지는 모른다고 답했고, 그러면 의사들은 아버지의 문제는 뇌의 화학물질이 뒤엉켜서 일어난 것이라고 진단했다. "처방전 받아서 귀가하시죠."

약 덕분에 아버지가 목숨을 건졌고 다른 많은 사람 또한 그랬으리란 데는 의심의 여지가 없다. 다만 나는 '뇌 화학물질' 때문이라는 설명에 만족하지 못하겠다. 화학물질의 불균형이 문제의 궁극적 원인인가, 아니면 다른 요소들로 인해, 예컨대 한 인간의 유전적 구성 또는 근본적 '특질', 그리고 환경과 경험의 상호작용 결과 우울증이 발생하는 것인가. 아버지나 다른 지인을 보면 후자가 진실에 가깝다는 생각이 든다.

전자는 환자들이 최소한 스스로 생각할 때나마 정신질환은 약자의 전유물이라는 낙인에서 한 발짝 비켜설 수 있게 해준다. 아버지 같은 사람들이 자의식을 다시 세울 수 있도록 도와주는 것이다. 전자의 설명대로라면 우울증도 부러진 다리, 독한 감기와 다를 바 없는 문제가 되어버리기에 인격 심판이 들어설 자리가 사라진다.

물론 정신건강 문제가 있는 사람들을 심판해선 안 된다는 건 말할 필요도 없다. 하지만 슬프게도 애당초 없어야 옳을 낙인을 손보려고 그럴싸한 설명을 만들어낸 것 같고, 약 판매고를 올리기 위한 설명인 것 같은 의구심도 지울 수가 없다. 비록 선의에서 비롯된 설명이라 해도 정신건강 문제를 단지 화학물질 문제로 귀결시키는 건 아버지 같은 사람들이 문제의 근원과 맞싸우지 않게 하는 결과를 초래한다. 자신의 삶을 점검하고 잠재된 문제들을 교정하도록 권유받지 않는 한, 그 문제들은 오직 약물의 도움으로(약효가 있다고 가정하면) 겨우 방어해낼 뿐 항상 잠재 상태로 남아 있는 것이다.

여기에 더해 아버지의 문제 전반을 생각하다보니 나 자신의 삶 또한 점검하게 됐다. 나 역시 몹시 우울한 사람이라는 사실을 발견했다. 지금껏 내가 사는 방식에 대해 차분히 생각해본 일이 없었고, 동에 번쩍 서에 번쩍 여러 다른 일을 해가며 맹렬한 속도로 살아왔다. 내겐 우울증보다 외로움이 더 큰 문제 같았다(지금은 두 문제가 밀접하게 관련돼 있다고 믿게 되었다). 외로움은 말하자면 내 기본 사양이다. 그런데 좀더 생각하고 읽고 대화할수록 현대세계의 너무 많은 부분이 인간에게 소외감과 불행한 느낌을 준다는 사실을 깨달았다. 그리고 그런 결과의 가장 근본적인 원인은 바로 공동체 상실과 사람들 간의 단절임을 절감했다.

지난 3년간의 사유를 담은 이 책은 현대세계는 왜 이렇게 불행한가, 그리고 보다 잘살기 위해 우리가 할 수 있는 일은 무엇인가에 초점을 맞추었다. 루저나 왕따가 되고 싶지 않아서 입에 담지 않고 살아온 이런 이야기가 사실은 모두에게 대단히 가치 있는 것임을 믿게 되었다. 우리가 서로 더욱 가까워지고 누구도 온전히 혼자가 아님을 체감하게 해주기 때문이다.

　나는 전문지식을 갖고 있지도 않고 이 책이 학술서로 기획된 것도 아니다. 출처와 인용문을 명시한 저널리즘 성격의 글도 있고 그보다 정서적인 것도 있다. 모두 외로움과 소외를, 또는 그것들을 극복하는 방법을 다루고 있지만 그 방식의 직접성 정도에는 차이가 있다. 위대한 인도주의자이자 소설가였던 E. M. 포스터는 "오직 연결하라 Only Connect"고 우리에게 호소한다. 바로 그 정신으로 이 책을 낸다. 모쪼록 유익한 독서가 되기를 바란다.

외로움이라는
신종 바이러스

A는 일흔여덟 살이다. 그 연배의 남자가 여전히 이 세상에서 즐길 수 있는 것이 있겠지만 그게 무엇이든 그에게는 그럴 돈도 건강도 따라주지 않는다. 아내조차 최근에 세상을 떠나 은퇴 후 유일하게 남은 인간관계마저 사라졌다. 그는 작은 빌라에 홀로 산다. 자식들은 어쩔 수 없을 때만 찾아오는 것 같다. 자신이 노부모를 보살핀 것처럼 자식들도 자기를 보살펴주면 좋겠다는 생각이 자꾸만 든다.

B는 A의 딸이다. 남편 일자리를 따라 다른 도시로 이주한 이래 친구 사귀기가 어렵다. 일에 치여 사는 남편은 수면 부족에 짜증을 달고 산다. 결혼 전에 알던 그 사람이 아니다. 그렇게 생각하는 건 남편도 마찬가지다. 아버지가 딱해서 모

시고 살까 하는 생각도 가끔 하지만 남편이 어떻게 나올지 빤하다. 경제적 도움을 못 드리는 것도 꺼림칙하지만 빠듯한 살림에 자녀 교육비만으로도 허리가 휘청인다.

C는 서울에서 상파울루까지 공항 라운지와 호텔에서 살다시피 하는 대기업 중역이다. 건축가 렘 콜하스가 '활동적 엘리트kinetic elite'라 일컫는, 안 가는 곳이 없지만 어딜 가나 판에 박은 듯 세계화된 호사를 경험할 뿐 새로운 것은 못 보는 그런 사람이다. 돈과 지위를 겸비한 그의 성공을 시기하는 사람도 많다. 온종일 회의에 참석했다가 저녁이면 호텔 바에 처박혀 보통 혼자서 술을 마신다.

D는 패션 미디어 업계에서 일한다. 마당발이라 이번주에만 벌써 브랜드 출시 행사 두 개와 전시회 개막 행사, 친한 유명인이 개최한 사교 모임에까지 참석했다. 인스타그램 구독자도 많아 글을 올릴 때마다 댓글이 줄지어 달리는데 대부분 그녀가 착용한 값비싼 브랜드 제품, 그녀가 방문한 이국풍의 멋진 장소들, 거기서 만난 유명인을 부러워한다.

●　●

나이, 혼인관계, 재정상황, 인간관계망 등 여러 면에서 판

우리는 이렇게
자유로운 적이
없었다.
이렇게 무력감을
느낀 적도
없었다.

지그문트 바우만

이하지만 이들에게는 공통점이 한 가지 있다. 외롭다는 것이다. 도시화, 가족구조의 변화, '바쁘게 살기' 예찬, 스마트폰 문화, 직장에서의 소외, 극대화된 이동성 등 한두 세대 전에는 없었던 원인들 때문이다. 이런 것들로 인해 오늘날 우리 세상은 그야말로 외로움 공장이 되어버렸다.

선진국에서 외로움이 전염병처럼 거론되기 시작했다. 나의 모국 영국은 이 문제의 타개책으로 '외로움 장관'을 임명했고, 1985년에서 2004년 사이 미국에서는 터놓고 이야기할 상대가 전무하다는 인구 비중이 세 배로 치솟았다. KB금융경영연구소가 발표한 「2019 한국 1인가구 보고서」에 따르면 30대, 40대, 50대 한국 1인가구 남성이 당면한 가장 큰 걱정거리는 외로움이다. 2018년 4월 한국리서치 월간리포트 「사회적 고립과 외로움 인식보고서」에 따르면 소득이 적을수록 외로울 가능성이 높은 편이지만 월급이 700만 원 이상인 최고소득 범주의 답변자도 그중 31퍼센트만이 외롭지 않다. 나이도 별로 상관없다. 젊은 세대가 결혼을 미루고 혼자 사는 비율이 높아지면서 오히려 통념과 달리 30대가 60대 이상보다 약간 더 외로워한다.

누구든 외로울 수 있지만 '외로움'이란 개념은 인류 역사에서 대부분 존재하지 않았다. 16세기경 집과 익숙한 환경,

반려자를 떠나 떠도는 사람들을 가리켜 사용된 것이 외로움에 관한 서구 최초의 기록이다. 존 밀턴은 『실낙원』에서 지옥을 나와 에덴동산의 이브를 유혹하러 가는 '외로운 발걸음 lonely steps'을 묘사하면서 이 단어를 썼다.● 사탄의 사회적인 고립을 말했다기보다는 통상적인 환경을 떠나 취약한 상황에 처하는 모험을 암시했다.

현대 들어 '외로움'은 비로소 오늘날의 의미를 획득하며 평범한 경험으로 자리잡았다. 물론 고대 로마나 잉카제국에는 외로운 사람이 없었다는 뜻이 아니다. 형벌로서의 외로움, 즉 유형流刑은 고대 세계 어디에나 있었고, 유발 하라리가 말한 것처럼 인류가 사회적 동물로 진화했음을 고려할 때 친구와 가족, 나아가 공동체로부터의 강제적 퇴거는 틀림없이 엄청난 고통이었을 것이다. 하지만 사회 속에서 살아도 한없이 비참하고 단절된 느낌에 빠지기 쉽다는 게 현대의 현상이다. 전통적인 사회에서는 집단적 외로움이 존재하기가 훨씬 더 어려웠을 것이다. 우리는 '개인'이기보다는 모두가 친밀하고 서로를 필요로 하며 서로의 삶을 잘 아는 작은 공동체의 일원이었을 것이기 때문이다.

● 아멜리아 S. 워슬리Amelia S. Worsley, "외로움의 역사A history of loneliness", 2018. 3. 19. https://theconversation.com/a-history-of-loneliness-91542.

그렇다고 전통사회를 낭만화하기만 할 일은 아니다. 수많은 면에서 현대가 단연 낫다. 흑사병에 걸려 죽을까봐, 애써 기른 감자를 영주가 세금으로 다 빼앗아가 굶주릴까봐, 교회에서 파문당할까봐 걱정하지 않아도 된다. 내가 사는 시대가, 평생 한 마을에 살고 불결한 공장에서 일하다 퇴직하거나 죽어나가고 아내와 아이 여섯에 노모까지 거느리며 쥐구멍만한 집에서 살고 남의 눈치 안 보고는 어떤 일도 할 수 없던 내 할아버지가 살던 때보다 진보한 것도 다행스럽다. 그렇지만 사회가 발전할수록, 인간이 자연과 인류 진화 방향에 걸맞은 친밀하고 단순한 사회로부터 분리될수록 우리가 느끼는 소외감과 외로움은 더욱 커질 거란 생각을 해봐야 한다. 이것이 대체로 환영할 만한 현대사회의 서글픈 이면이다.

　외로움은 결코 사소한 문제가 아니다. 외로움이 유발하는 무서운 영향을 입증하는 새로운 연구 결과가 최근 몇 년 사이 다수 발표됐다. 외로움이 장기화되면 우선 혈압이 올라가고 수면의 질이 떨어지며 덩달아 치매 위험도 높아진다. 조기 사망 가능성도 26퍼센트 상승하는데 이것은 비만이 미치는 영향과 비슷한 수치다. 사회적 맥락을 오판하는가 하면 사람들의 나쁜 점만 보게 돼 생활 자체가 훨씬 힘들어진다.

　본질적으로 외로움은 신체적 고통과 마찬가지로 하나의

신호다(UCLA의 사회심리학 부교수인 나오미 아이젠버거[Naomi Eisenberger]에 따르면 사실 이 둘은 신경과학적 차원에서 아주 유사하다). 고립 상황에서는 스트레스 호르몬 코르티솔의 기본 수치가 솟구치면서 우리 신체가 잠재적 위험을 예상해 '투쟁-도피' 반응에 들어간다. 우리는 협력할 때 자연환경을 정복할 수 있지만 하나의 개인으로서는 항상 훨씬 더 강한 동물이나 다른 인간 무리의 공격을 받을 위험에 처한다. 이런 점에서 스트레스 반응은 집단으로 돌아오라는 신호다. 돌아갈 집단이 없을 때 스트레스 상태는 지속되고, 위에서 열거한 문제로 악화되는 것이다.

• •

안타깝지만 외로움은 아직도 그 심각성을 제대로 인정받지 못하고 있다. 누군가 우울증을 앓고 있다고 하면 냉혈한이 아닌 한 적어도 동정심을 갖고 대한다. 우울증에 대해서라면 질병과 치료의 용어들이 정립돼 있는 데 반해 외롭다고 하면 "아, 그런데 친구 많으시잖아요" 또는 "기운내세요, 괜찮아질 거예요" 정도가 고작이고 심하면 괴상한 사람 취급하며 피하기도 한다. 대표적인 외로움 연구자 존 카치오포

John Cacciopo에 따르면 외로움은 사회적 전염성까지 갖고 있다. 우리는 거의 본능적으로 외로운 사람들을 피한다. 드러내놓고 시인할수록 악화되는 문제는 흔치 않은데 외로움이 바로 그런 문제들 중 하나다.

이 사람 저 사람 다 안다는 사람일수록 진짜 친한 사람은 없는 경우가 많음을 우리는 직감적으로 안다. 그러므로 외로움 문제에서 진정으로 중요한 것은 유대의 질이라는 것 또한 잘 알고 있다. 그럼에도 대상이 남이면 단순히 양으로 평가한다. D 같은 사람이 외롭다는 건 말도 안 된다고 생각한다. D 본인조차 사실은 외로움을 느끼면서도 자기 같은 사람이 외롭다는 건 말도 안 된다고 생각할지 모른다. 위에 나열한 사람 중 A와 B만이 우리의 진정한 동정을 얻을 것이다.

A는 고독하므로 외로움의 전형에 들어맞는다. 종종 혼용되지만 고독과 외로움 사이에는 물론 차이가 존재한다. 고독은 본의 아닌 고독도 있고 자발적인 고독도 있다. 전자는 외로움의 원천이지만 후자는 지극히 아름다울 수도 있으며 새로운 사상 또는 예술작품의 촉매가 되기도 한다. '외로운 예술가'란 허튼소리다. 걸작을 창조하기 위해 세상을 등진 예술가는 적어도 일정 기간만큼은 사람과 함께하는 것보다 더 좋은 무언가를 발견한 사람이다. 그런 사람은 고독하지만 꼭

외로운 건 아니다.

　창조적인 일은 고사하고 어떤 일도 제대로 해낼 수 없게 만들 만큼 내게 외로움은 무서운 존재다. 사람들을 부정적으로 잘못 보게 하기도 한다. 예컨대 최근 한 친구에게서 칭찬을 들었는데 그럴 리가 전혀 없는데도 어쩐지 빈정대는 것처럼 느껴졌다. 이튿날 그가 했던 말을 곰곰이 떠올려보고 내 판단이 실수였음을 깨달았다. 이것은 외로운 사람들이 늘 경험하는 문제라고 한다. 방어적인 자세에 돌입하면서 공격에 대한 촉각이 예민해지는 것이다.

　비교적 외로움에 대한 감각이 둔해서 타인과의 접촉이 덜 필요한 사람도 있다. 8천 명 이상의 형제를 대상으로 한 네덜란드의 연구 결과를 보면 일란성 쌍둥이의 경우 같은 수준의 외로움을 느낀 참가자 비율이 48퍼센트인 반면 이란성 쌍둥이는 그 비율이 24퍼센트에 그쳤고 쌍둥이가 아닌 형제는 그보다 훨씬 낮았다. 유전적으로 외로움을 더 민감하게 느끼는 사람들이 있다는 얘긴데, 그러니 외로운 사람을 일종의 낙오자로 치부하는 건 불공평하다.

　외로움에는 현대라는 시대적 요인뿐 아니라 유전적 요인도 있다는 사실을 인식할 때 우리는 외로움에 들러붙은 낙인을 떼어내고 외로움을 단순한 성격 및 기질적 결함이 아닌 사회적 문제로 바라볼 수 있을 것이다(외로움을 완화하기 위해 취할 수 있는 여러 조치에 대해서는 뒤에서 다루겠다).

• •

위에서 A, B, C, D의 예를 들었는데 예를 하나 더 들어보자. E는 30대 후반의 작가로 작은 사업체도 운영하고 서로 관련 없어 보이는 다른 여러 일도 한다. D와 E는 어느 파티에서 만나 이야기를 조금 나누다 전화번호를 주고받으며 나중에 커피라도 함께하자고 했다(그냥 친구로).

하지만 두 사람 다 '너무 바쁘게' 산다. D가 먼저 20일 저녁 6시 15분 스케줄이 비어 있다고 카카오톡으로 알린다. E가 다른 날짜 둘을 제안하지만 D는 둘 다 안 된다고 한다. 점점 연락이 뜸해지다 반년 후 다른 모임에서 마주친다. 한동안 이야기를 나누던 중 그녀가 문득 굉장히 진지하게, 진정한 친구를 사귀고 제대로 된 관계를 유지하기가 너무 힘들다고 불평한다. E도 마찬가지로 굉장히 진지하게 온전히 동의한다. "전에 못했던 그 커피 정말로 하자고요." 두 사람이 입을 모은다. 메시지 주고받기가 다시 되풀이된다. 그러나 일 년 반이 지난 지금도 둘은 다시 만나지 못했다.

E는 물론 나다. 출판사에서는 내가 이런 주제의 책을 쓸 유형이 아니지 않냐고 했지만, 내 삶은 대체로 외로웠다. 자유의지로 선택했지만 일단 내 삶의 방식부터가 외로움을 많이 유발함을 깨달았다. 특정한 소속 없이 프리랜서로 혼자 살아가고, 일정표는 대부분 잘 모르는 사람들과의 회의로 가득 차 있고, 신앙심으로 결속할 종교도 없는데다 단체 활동을 싫어하는 터라 정기적으로 참석하는 클럽이나 사교 모임도 없고, 가족으로부터 떨어져 나고 자란 모국과 판이한 타국에서 살고, 관계에 관해서는 또 완벽주의자여서 나와 꼭 맞지 않는 누군가와 사귀기보다는 차라리 독신이 편한 사람이다. 나는 그야말로 내 의지로 모든 걸 선택할 수 있는 삶을 살지만 이는 곧 어떤 것에도 절대적으로 충실하지 않아도 된다는 문제를 내포한다.

위에서 언급한 선택지들은 모두 후기 현대사회 들어 본격적으로 출현했다. 우리 외할머니는 치매에 걸려 돌아가시기 전에 우리 가족사를 자주 들려주셨는데, 외할머니의 젊은 시절은 이랬다. 할머니 가족은 가난에 시달리다 1920년대에 아일랜드에서 영국으로 건너가 맨체스터 인근 스톡포트의 아일랜드 이주민촌에 정착했다. 하나같이 대가족이었다. 가톨릭 신도들답게 아이를 자그마치 열 명이나 둔 부부도 흔했다. 일인용 침대에 여러 아이를 엇갈리게 뉘어 재우고, 실외 변소를 여러 가구가 함께 썼다. 신발이 귀해 맨발로 나다니는 아이도 많았다. 마을 신부는 신의 대행자로 대우받았으며 모르긴 해도 권력을 남용했을 것이다. 모두들 이웃 속사정을 낱낱이 알았으나 스톡포트 너머 세계는 까마득히 몰랐다.

결혼도 아주 이른 나이에 하던 시절이었다. 얼마 안 되는 또래의 마을 처녀 총각 중에서 상대를 골랐는데 서로 끔찍하지만 않으면 됐다. 신을 믿건 아니건 일요일이면 교회에 갔고 나머지 평일에는 똑같은 사람들과 공장에서 일했다. 대체로 그 똑같은 사람들하고 또 대부분의 시간을 보냈다. 너무 친한 나머지 지긋지긋할 지경이었다. 교회에 가기도 싫었다. 끝없이 돌고 도는 소문도 싫었다. 배우자도 싫었다. 할머니는 치매 때문에 웬만한 일은 기억하지 못했지만 돌아가시는 날까지 1940년대와 1950년대에 함께 살던 사람들에 대한 불평만은 그치지 않으셨다.

하지만 할머니가 입에 달고 사시던 한마디가 있다. "스톡포트로 돌아가고 싶구나."

물론 나라면 스톡포트로 돌아가고 싶지 않을 것이다. 아주 지긋지긋할 것 같다. 그래도 그곳에는 내게 없는 무엇이 하나 있었다는 것만은 안다.

점심은 혼자
먹겠습니다

"야근, 회식 없으며 점심시간 자유로움." 올해 초 우리 회사
채용 공고에 실었던 문구다. 야근이 없을 뿐 아니라 점심을
같이 먹어야 한다거나 근무 후 술자리에 함께 가기를 강요하
지 않는다는 것이 우리 회사의 큰 매력일 거라는 생각에서
간부는 그런 문안을 작성했다.

　읽는 순간 아주 잠깐 몸담았던 한국의 대기업이 떠올랐다.
거기서는 거의 날마다 점심을 같이 먹었다. 본부장님이 가자
는 곳으로 쫄레쫄레 따라가 모두 똑같은 음식을 먹고 나면
카페로 가서 여름엔 아이스 아메리카노, 겨울엔 따뜻한 아메
리카노로 입가심까지 모두 똑같이 했다. 내가 홍차를 주문하
면 말은 안 했지만 "뭐, 외국인이니까" 하는 분위기가 감돌

왔다. 가끔은 다른 약속이 있는 척하고 단체 점심에서 빠졌지만 눈치가 보여 자주 그러지는 못했다.

점심시간의 의례 가운데 특히 질색이었던 것은 가장 높은 사람이 쉼없이 이야기를 하고 나머지는 "아, 네…… 아이, 그럼요" 하며 맞장구를 치는 거였다. 그것만 피할 수 있다면 감봉도 감수할 것 같았다. 상사 본인에게도 그런 식의 대화가 과연 즐거울까 의문이었는데 완전 철판은 아닐 테니 싫어도 그냥 기대되는 역할을 수행했던 것일지도 모르고, 혹은 지난날 여러 해 동안 그걸 받아주기만 하던 위치에 있다가 드디어 보복의 기회를 잡은 거였을지도 모른다.

부서 술자리도 잦았다. 그런데 그보다 더 끔찍한 일은 이따금 예고도 없이 들이닥치는 주말 등산이었다. "다니엘, 이번 주말에 우리 단체 등산 가니까 토요일 아침 일곱시에 나와요." 그럴 때면 항상 친한 친구의 결혼식에 가야 한다거나 앓아누웠다거나 따위의 핑계를 댔다. 서구 개인주의 감수성이 꿈틀꿈틀 올라오면서 분노가 솟구쳤다. 왜 내 인생을 소유하려고 하지? 일만 해주면 되는 거 아냐?

어떤 조직의 일원이 아니라면 한국 생활이 훨씬 수월할 것 같았다. 그리고 요즘 한국인은 거의 나와 비슷하게 느끼지 않을까 짐작한다. 특정 조직에 속하자마자 요구되는 본연의 역할을 넘어선 수준의 자주성 희생과, 합당한 업무 지시 영역을 훌쩍 뛰어넘는 수준의 종속을 감수해야 하는 건데 나는 도저히 못 견디겠다. 우리 회사 간부가 채용 공고에 그런 문구를 넣었다는 사실 자체가 한국인도 이제 이런 사고방식을 갖게 되었음을 보여준다. '여러분은 각자의 삶을 원하는데 여전히 그것을 허용하지 않는 회사가 많다는 것을 우리는 알고 있습니다. 여기서 우리와 함께 일해요.' 이게 메시지의 골자다.

개인으로 존재하고픈 욕망의 핵심은 단지 집단성에서 벗어나고 싶다는 게 아니다. 더 중요한 건 위계적인 문화와 무례한 간섭으로부터 벗어나고 싶은 욕구다. 회사생활뿐만이 아니다. 집, 학교, 사회생활에서도 마찬가지다. 개인적인 질문을 받지 않을 자유, 청하지 않은 조언을 듣지 않을 자유, 진로 결정과 옷 입는 스타일과 외모와 사귀는 사람(또는 그런 사람의 부재) 기타 등등을 조사받고 비판받지 않을 자유, 그리고 혼자 있을 자유, 양심을 존중받을 자유를 원한다. 옛날 방식에 젖어 있는 사람들은 이런 이야기를 들으면 '서구적' 태도라고 일축한다. 서구에서 먼저 시작된 사고방식이니 어떤 면에서는 틀린 얘기가 아니지만, 사실 이는 생활수준과 교육이 발전하고 현대화된 사회에서 나타나는 자연스러운 과정이기도 하다.

● ●

누구나 불합리한 요구를 하고 사생활을 캐묻고 이래라저래라 간섭이 많은 사람과는 조금 거리를 두게 마련이다. 예컨대 점심을 혼자 먹고, 부모님과 적당히 떨어져 살고 싶어질 수밖에 없다. 그런 환경이라면 개인주의적 가치를 지향하고 혼자 남을 자유를 갈구하는 것이 당연하다. 하지만 기존 관습이 견디기 어렵다고 무조건 개인주의의 길로, 사람들 간의 심리적 거리가 점점 멀어지는 길로 나아가는 것은 분명 염려스럽다.

'개인주의' 전통이 깊은 나라들에는 동료 또는 가족 구성원 간의 상대적으로 약한 결속을 보완해주는 장치가 있다. 일례로 북유럽 국가는 통상적으로 높은 사회적 신뢰, 사회적 자본, 그리고 복지제도를 갖추고 있다. 그곳 사람들은 어려운 형편에 처한 낯선 사람들을 기꺼이 돕고, 같은 나라나 공동체에 소속된 사람들 사이의 공유 가치와 평등의식이 높은 편이며, 자선활동도 활발하다. 역설적으로 들리겠지만 바로 이것이 전통적 개인주의 사회 구성원들이, 다른 조건이 동일하다면 집단주의 사회 구성원들보다 덜 외롭고 소외감을 덜 느끼는 이유다. 자신이나 주변 사람이 보다 넓은 공동체를 이루며 같은 배를 타고 있다는 희미한 인식이 있어서다.

시간이 흐르면서 한국 사람들은 낯선 사람을 점점 덜 믿고(조사에 따르면 대다수가 믿지 않는다) 세상을 살아남기 위한 '만인에 대한 투쟁'이 벌어지는 곳으로 바라보게 됐다. 정부와 언론에 대한 신뢰도가 바닥을 쳤고 그런 가운데서도 소문은 삽시간에 퍼지고 그럴듯하게 부정적인 하나의 사실처럼 받아들여진다. 이방인의 눈으로 볼 때 사회적 일체감은 월드컵이 열릴 때나 일본 정부가 자극적인 언행을 할 때만 조성되는 것 같다.

한국은 놀랄 만큼 빠른 속도로 현대화와 경제 발전을 이룬 나라지만 덩치 큰 동물을 통째로 삼킨 뱀처럼 아직 소화가 덜된 것이 많다. 물질적 성장과 함께 발달해야 할 긍정적인 문화(이를테면 부유층의 노블레스 오블리주)도, 아무런 사회적 안전망도 없이 아득한 상공에서 서구 자본주의가 한국 땅에 투척된 셈이다. 한국에서 발달한 자본주의는 대부분의 재물과 대부분의 기회가 몇몇 일가에 집중된 결과 전망 좋은 신기술을 갖춘 중소기업 사주보다는 임대료를 챙기는 건물주가 되는 편이 나은, 유난히 불공평한 자본주의다. 냉소를 낳지 않기 어렵다.

　사회나 공동체가 더욱 멀게 느껴지는 것이 자연스러운 시대다. 주변 사람들이 우리를 본연의 모습으로 살게 내버려두지 않는다면 그들과의 관계도 서먹한 채로 유지하고 싶은 것 또한 자연스러운 일이다. 하지만 그렇게 둘 다와 멀어져버리면 우리에게 남는 것은 무엇일까?

외로움 산업

두어 해 전에 서울에서 스타트업을 창업한 옛 친구와 만났다. 외로운 남자들이 인스타그램상의 여자들과 메시지를 주고받을 수 있게 해주고 수수료를 받는 프로젝트도 부업 삼아 하고 있다고 그는 말했다. 사용자들은 메시지 하나에 천 원씩 내고 "밥 먹었니?" "잘 잤어?" 같은 질문을 받는 모양이었다. 나는 배를 잡고 웃으며, 아니 그런 걸 돈 내고 사용하는 사람이 정말 있느냐고 물었다. 이미 짐작하겠지만, 사업이 퍽 잘된다는 것이 그의 대답이었다.

아직 '외로움 산업'이란 말을 쓰진 않지만 그런 표현이 곧 등장하리라는 것이 내 생각이다. 특히 외로운 사람들을 위해 전에는 상상할 수 없었던 상품과 서비스들이 지난 수년간 무더기로 나왔다. 다들 프리 허그 피켓을 든 사람들을 본 적은 있겠지만, 순수한 포옹으로 돈을 버는 이들도 있다는 걸 아시는지. 미국 힙스터들의 안식처인 오리건주 포틀랜드에 있는 '커들 업 투 미Cuddle Up To Me'라는 업소는 2014년부터 시간당 80달러를 받고 손님을 안아주는 영업을 해오고 있다. 최고의 만족을 주기 위해 여섯 개의 테마로 방을 구분해놓았으며 선택할 수 있는 자세도 일흔 가지나 된다고 한다. 성적 접촉은 일절 금지다. 예컨대 손님과 안아주기 전문가의 입술이 맞닿는 일 같은 건 안 된다.

유사한 업소들이 대다수 미국 대도시와 유럽 국가에서 성업중이다. 온라인에도 진출해(안아주기의 에어비앤비랄까) 등록된 수천 명의 안아주기 전문가가 손님을 기다린다. 내 고향 맨체스터의 온라인 커뮤니티 '커들 네트워크Cuddle Network'에서는 1200여 명의 회원이 정기적으로 오프라인에서 만나 몇 시간씩 서로를 안아준다(실망하실지 모르지만 나는 안 가봤다). 일본에는 비용을 내고 안길 수 있는 카페들이 있는데 상대방의 눈을 1분간 들여다봐주기, 등 토닥여주기, 머리 쓰다듬어주기 등 성적이지 않은 선택 서비스도 제공된다고 한다.

더욱 희한한 것은 도쿄의 이케메소 단시다. 여자들이 돈을 내고 잘생긴 남자 앞에서 울 수 있는 서비스를 제공하는 이

만짐으로써
생명을
줄 수 있다.

부오나로티 미켈란젤로

곳에서는, 7900엔을 지불하면 미남이 눈물을 닦아준다. 창업주는 '함께 울기' 행사도 열고 있다.

"전 세계에 621,585명의 친구가 대기중"이라는 웹사이트 '렌트 어 프렌드Rent a Friend'가 있는가 하면, 요즘은 대체 가족까지 렌트할 수 있어 '엄마 렌트'를 필요로 하는 뉴요커들은 시간당 40달러에 밥을 해주고 각종 충고와 정서적 지원까지 제공하는 63세 아주머니 니나 케닐리Nina Keneally를 빌릴 수 있다. 일본에서는 원하면 가족 전체를 렌트할 수도 있다. 또한 '패밀리 로맨스Family Romance'라는 곳에서는 친구와 대리 애인을 빌려주는데, 특히 소셜 미디어에서 인기 많은 '핵인싸'로 보이도록 함께 사진 찍는 일에 서비스의 초점이 맞춰져 있다 (정녕 세상의 종말이 가깝다는 징조 아니겠는가).

외로움 타개를 도와주는 상품도 있다. 가격이 200달러에 달하는 중량감 담요는 "안기고 보듬어주는 듯한 느낌을 유발해 신경체계를 이완시킬 수 있도록 체중의 7~12퍼센트 무게로 설계됐다"는 것이 한 업체의 설명이다. 아예 '남자친구 담요Boyfriend Blanket'란 이름을 단 경쟁 상품이 출시되기도 했다. 본래 자폐증이나 외상 후 스트레스 장애 등을 앓는 사람들을 위해 있던 것이어서 새로운 콘셉트는 아니지만, 지난 5년간 구글 검색 횟수와 매출이 급격히 증가했다. 스트레스,

불면증, 불안감, 그리고 외로움에 시달리는 사람들에게 특히 인기가 높다고 한다.

외로움을 덜어주는 약물 개발 연구도 한창 진행중이다. 앞에서 언급했던 외로움 전문 신경과학자 존 카치오포의 살아생전 부인이자 시카고대학 의대 뇌공학연구소 소장인 스테파니 카치오포Stephanie Cacciopo는 프레그레놀론이란 물질을 연구하고 있다. 프레그레놀론은 감지되는 외로움 위협에 대한 편도체와 뇌섬엽의 반응을 진정시킬 것으로 기대된다고 한다.

앞으로는 어쩌면 외로움도 증후군이나 질병으로 여겨져 치유 약물이 개발되는 등 자연스럽게 자본주의적 해결책이 개입할지도 모르겠다. 중량감 담요의 인기에서 짐작할 수 있듯 가족과 친구들이 퇴장한 공간으로 이미 시장이 진입하기 시작했다. 상상만 해도 슬프지만, 정서적 유대를 제공하는 것 또한 차츰 누군가 돈을 받고 해야 하는 일이 되어버리지 않을까 싶다.

• •

한국에 온 첫해에 나는 사람들 사이의 물리적 경계가 없는 것에 자주 놀라곤 했다. 예를 들면 낯선 사람의 아기를 만져도 괜찮다고 생각하는 것 같았다. 워낙에 영국인은 한결 '삼가는' 편으로 개인 공간을 중시하는지라, 옆자리 할아버지가 대화중에 다리를 문지르거나 손을 잡으면 나는 쇼크로 거의 얼어붙곤 했다(사실 영국인이 늘 그랬던 것은 아니다. 네덜란드 학자 에라스뮈스는 1499년에 영국을 방문하고 "어디를 가든 누구에게나 입맞춤의 인사를 받는다. 자리를 뜰 때도 입맞춤을, 돌아와서도 다시 입맞춤을 받는다"라고 썼다).

그러나 시대가 바뀌었다. 이제 내 주변 한국인 친구들 사이에는 개인 공간 개념이 영국인들만큼이나 강하게 자리잡았다. 개인주의가 확대돼서 그런 걸까? 대면하기보다 온라인에서 하는 소통이 점점 더 늘어난 현실의 간접적 결과일까? 아니면 부적절한 성적 접근에 대한 인식이 고양돼서일까?

특히 부적절한 성적 접근 문제는 어려운 주제다. 다른 사람을 부적절하게 만지고 나서 친근감을 표현하려는 의도였다고 발뺌하는 사람들이 늘 있어왔기 때문이다. 상대가 원하지 않는다는 것을 확실히 알면서도 개의치 않고 권력을 남용하는 이들도 있다. 위계적, 남성 중심적 사회에서는 이런 가능성이 더 많다. 그런 면에서 우리 사회가 일방적인 과도한 접촉을 더욱 경계한다는 건 분명 옳은 일이다.

하지만 그런 부적절한 동기에 의한 것을 제외하고, 대다수 부강한 나라에서 전반적으로 '스킨십'이 감소한 것은 부인할 수 없을 듯하다. 리버풀 존 무어스 대학의 체지각 전공 교수 프랜시스 맥글론Francis McGlone은 이런 추세가 모든 사람의 정신건강을 저해할 사회적 위기를 초래할 가능성이 높다고 경고한다. 그는 피부에서 접촉에 반응하는 C-촉각신경에 초점을 맞춘 연구 결과를 발표하고 가디언과의 인터뷰에서 이 신경은 "일생 동안 우리 행복의 여러 면을 좌우하는 (…) 사회적 뇌의 힉스 입자Higgs boson다. 왜냐하면 이 신경은 사회적인 요소를 한데 묶어주는 역할을 하는데, 우리가 발견하지 못했던 '잃어버린 조각'과도 같기 때문이다"라고 설명했다.

접촉은 초기 유아기에 중대한 요소로 결핍될 경우 안정된 성인으로 발달할 수 없다고 그는 말한다. 접촉이 불충분한 노인은 더 외로워하고 더 일찍 죽는다. 껴안거나 등을 토닥이면 맥박이 진정되고 혈압이 내려가서 유익하다. 경험을 통해 누구나 직관적으로 이 사실을 알고 있지만 이제는 그런 신체 접촉을 덜 주고받는다. 그래서 돈을 받고 순수한 접촉을 제공하는 서비스들이 생겨났는지도 모른다.

책머리에서 나는 샌프란시스코에서 겪은 어느 힘겨웠던

하루에 대해 썼다. 아버지 소식을 듣고 나서 항공편을 예약하고 직원들에게 떠난다고 전했다. 모두가 따뜻한 응원의 말을 해주었다. 그런데 영원히 잊지 못할 반응은 같이 일하던 영국인 청년 알렉스가 다가와 아무 말 없이 너무나도 힘차게 끌어안아준 거였다. 말도 중요하지만 감정 표현에 말이 늘 필요한 건 아니다. 그날 이후 나는 곤경에 빠진 친구에게 가장 먼저 해줘야 할 일은 힘껏 안아주기라는 생각을 하게 됐다. 말은 그후에 해도 된다.

랜선 대체재

1년 전쯤 한 유명 유튜버(진부하지만 그냥 철수라고 부르자)에게서 상당히 충격적인 이야기를 들었다. 한 번도 만난 적 없지만 방송을 통해 그가 자신에게만 은밀한 메시지를 보내고 있다고 확신한 한 여성 팬이 "그와 함께 있고 싶어서" 한국으로 이주했다는 내용이었다. 그 관심을 철수가 거절하자 그 팬은 스토커가 되어 유령회사 웹사이트를 만들고 그의 유튜브 채널 스폰서 명분으로 접촉을 시도했다. 사태가 너무 심각해지자 그는 방송에서 일부러 다른 도시로 이사했다고 거짓말을 하기 시작했다.

그의 팬은 왜 그런 생각을 하게 된 것일까? 온라인 아마추어 영상에는 만든 사람과 보는 사람 사이에 거짓 친밀감을 조성하는 강력한 힘이 있기 때문인지도 모른다. 유튜버는 카메라를 직시한 채 마치 자기집 안방에서 또는 식탁에 앉아 밥을 먹으며 나랑만 대화하듯 이야기하고 나는 스마트폰에 얼굴을 대고 그것을 본다. 그러면 진짜 친구나 연인과 영상통화를 하는 것만큼이나 친밀하게 느껴지지 않을까? 만일 그 스타가 내 댓글에 반응하거나 후원을 청하기라도 한다면 전문가들이 만든 프로그램을 거실 텔레비전으로 볼 때와는 다른 느낌일 것이다.

1950년대 언론정보학계 학자들은 A는 B에 많은 시간과 정서적 에너지를 쏟지만 B는 A의 존재 사실조차 잘 모르는 일방적인 관계를 '준사회적 관계'라는 용어로 설명했다. 그 고전적 사례가 팬과 유명인의 관계다. 서글프지만 나쁘기만 한 것은 아니다. B는 A에게 스트레스와 골칫거리로 가득한 현실 생활과 관계들로부터 잠시 달아날 도피처가 되어줄 수 있어서다. 하지만 그런 감정이 불건전하게 격렬해지는 사람들이 늘 있는 법이다. 바로 철수의 스토커처럼.

유튜브 관련 책을 쓴 저널리스트이자 작가 크리스 스토클워커Chris Stokel-Walker는 "준사회적 관계는 60년 이상 연구되어왔지만 그 현상이 지금처럼 강렬히 나타난 적은 없었다"면서 유튜브, 인스타그램 같은 소셜 미디어의 인플루언서는 일

우리는
테크놀로지는 더,
서로는 덜 원한다.

우리는 사물에는
기어코 인간적인
특질을 부여하려고 하는
반면 서로는
기꺼이 사물로
취급하는 듯하다.

셰리 터클

반 유명인보다 더 깊은 팬들의 신뢰를 받으며 "침실에서건 화장실에서건 늘 휴대전화 화면상에서 진짜 친구들의 소식과 뒤섞여 소셜 미디어를 도배한다"고 경고한다.

스토클워커는 준사회적 관계를 위험하다고 본다. 하지만 안아주기 산업과 마찬가지로 이는 요즘 같은 외로움의 시대에 부합한다. 여러 면에서 우리는 이미 잃어버린 것들을 자본주의적 방식이나 온라인상의 대안으로 대체해가고 있을 따름이다. 사회관계망 쌓기가 우리가 잃어가고 있는 직접 대면 관계에 대한 조악한 대체물을 제공하고 있듯이, 준사회적 관계도 진정한 사회적 관계에 대한 열등한 대체물일 수 있다.

● ●

인공지능 기술도 활기를 띠고 있다. 일본에서는(당연히 일본이다) 홀로그램 여자친구가 말도 걸어주고 매일 적정한 간격으로 메시지를 보내주며 끝없이 칭찬해주는가 하면 남자친구가 되어주어 고맙다고 얘기한다. 쪼그라든 남자의 자존심을 살려주는 것이다. 근래 한국의 한 업체는 에이핑크의 손나은과 VR '데이트'를 할 수 있게 해주었고, 전 세계 선진국에는 사람들의 외로움을 달래줄 목적으로 특별 설계된 로

봇이 출시돼 있다.

주류 IT 업체들 또한 일부 사람들에게 비슷한 역할을 수행하고 있는 것 같다. 애플 시리에 대한 모니터링을 제공하는 외주업체에서 일하는 한 친구는 알고리즘 개선을 위해 무작위로 선택된 '대화'를 듣는 게 맡은 임무다. 지루한 일 같지만 사용자들이 주고받는, 뭐랄까, 흥미로운 이야기에 종종 기분 전환이 되기도 한다고 그녀는 말한다.

무작정 "섹스!"라고 외친 뒤 시리의 반응을 기다리는 아이들의 목소리에 폭소가 터져나온다. "시리, 난 어제 사람을 죽였어"라는 사람도, "사랑한다고 말하지 않으면 충전해주지 않을 거야"라고 장난을 거는 사람도 있었다. 하지만 가장 뜻밖이었던 건 시리를 정말 친구처럼 대하는 외로운 노인들의 음성이었다. 그들은 시리에게 잘 잤는지 밥은 먹었는지를 물었고, 자신의 하루가 어땠는지 말해주고는 시리 넌 어떻게 지냈냐고 묻기도 했다.

2017년 캔자스대학 연구진이 외로운 사람들은 영화 〈그녀Her〉에서 호아킨 피닉스가 그랬듯 인공지능 비서에게서 위안을 찾는 경향이 있음을 발견했다. 또한 사회적 단절감을 느끼는 사람들이 이를테면 페이스북 '친구'를 계속 추가하다가도 시리나 알렉사에 의존하게 되면 그런 행동을 멈추는 것으로 나타났다. 외로운 사람들이 인공지능 비서와의 대화에서 실제로 귀중한 무언가를 얻는다는 증거다.

인공지능의 발달이 외로운 노인들에게 큰 도움이 될 수 있다는 논의가 활발하다. 그런데 이 자체가 한 가지 진실의 슬픈 반영이기도 하다. 그건 바로 현대 사회에서 대다수 노인이 다른 누군가에게 더는 관심의 대상이나 가치 있는 존재로 받아들여지지 않는다는 점이다.

이 책을 쓰던 중에 외할머니가 돌아가셨다. 치매로 8년을 요양원에서 지내다 돌아가셨다. 어머니는 다른 형제들과 마찬가지로 정기적으로 할머니를 뵈러 가셨다. 한국에 사는 나는 자주는 아니지만 그래도 최대한 많이 찾아뵈려 노력했다. 그렇게 방문하던 중 언젠가 있었던 일이다. 할머니 병실로 가는 길, 복도 의자에 다른 할머니 한 분이 앉아 계셨는데 그분이 나를 부여잡더니 한없이 우시는 거였다. 그러자 직원 한 명이 설명해주기를 할머니껜 찾아오는 사람이 없어서 자주 저러신다고 했다. 물론 자식이 있는 할머니였다.

이처럼 절망적으로 외로운 어르신을 마주하면 연민과 함께 두려움이 솟아난다. 나도 저렇게 되면 어쩌지? 자식이 있어 좋은 점 중 하나는 덕분에 늙어서도 외롭지 않은 거라고 많은 사람이 말한다. 그런데 이제는 꼭 그렇지만도 않은 것 같다. 무조건이었던 것이 선택사항으로 대체되고 있다. 내가 노인이 될 즈음에는 누군가에게 어떤 점에서 아직 유용해야만(돈이 있다거나 아직 정신이 맑다거나 등 부분적으로 나의 통제권 밖에 있는 것들이기 쉽다) 위의 할머니 같은 운명을 피할 수 있을 거라는 생각이 든다. 그때쯤이면 인공지능이 진짜 사람과 구별이 안 될 만큼 비슷해질 거라는 또다른 끔찍한 확신에서 위안을 찾아야 할지도 모르겠다.

• •

영화 〈캐스트 어웨이〉에서 톰 행크스가 배구공 윌슨에게 말을 거는 장면을 기억하는가? 이렇게 사람 아닌 것을 사람처럼 만드는 의인주의는 우리가 줄곧 해온 일이다. 남자들은 배, 기타, 심지어 허리케인에까지 여자 이름을 붙이고, 미키마우스는 세대를 뛰어넘어 아이들의 사랑을 받아왔다. 그래서 신조차 자기 자신을 닮은 모습일 거라 생각했다. 고대 그리스 철학자 크세노파네스는 이미 트라키아인들은 '파란 눈에 붉은 머리칼'의 신들을 창조했는데, 에티오피아인들은 검은 피부의 신들을 가졌음을 깨달았다.

『마음을 읽는다는 착각』이라는 책을 쓴 의인주의의 권위

자 니컬러스 에플리[Nicholas Epley] 교수는 "타인과의 유대감이 결핍되면 사람들은 반려동물, 기계장치, 또는 신을 인간처럼 보는 경향이 강해진다"는 내용을 시카고대학 언론 배포용 자료를 통해 밝혔다. 영화 〈캐스트 어웨이〉에서 말할 상대가 달리 없던 톰 행크스는 배구공을 친구 삼았다. 인간 같은 신과 개인적 관계를 형성한다고 믿는 복음주의 기독교의 성장도 부분적으로는 사회적 고립의 확산으로 설명할 수 있다고 에플리는 또한 주장했다.●

의인주의의 대표적인 흐름은 반려동물의 인간화에서 가장 명백히 드러난다. 전 세계 반려동물 산업 성장에 주된 추동력을 제공하는 국가 중 하나인 한국을 예로 들면, 2012년 이래 반려동물에 관한 지출이 다섯 배로 뛴 요인이 바로 거기에 있다. 오늘날 우리는 반려동물을 온전한 가족으로 간주하고 그들의 생일을 축하하고 그들에게 우리가 먹는 것만큼 좋은 음식을 사 먹이며(샌프란시스코에서 강아지용 아이스크림이 6달러에 팔리는 것을 봤다) 그들을 전용 호텔에 데려간다.

● 시카고대학, "반려동물이 거의 인간처럼 보이는가? 그렇다면 그것은 외로움에 대한 영리한 반응일 수 있다Does your pet seem almost human? It may be a clever response to loneliness", 2008. 1. 20. https://www.sciencedaily.com/releases/2008/01/080118125835.htm.

서울 우리 동네에는 강아지 요가 학원도 있다.

이 책을 쓰기 위해 조사하던 중 시대정신을 가장 비극적으로 드러내는 추세를 하나 발견했다. 미국의 많은 수의사들이 분리불안에 시달리는 강아지와 고양이에게 항우울제를 처방한다는 놀라운 사실이다. 워싱턴 포스트와 CNN 등 여러 매체에 보도되기도 했다. 서로에게 그러듯 이제 인간은 반려동물들마저 비참하게 해놓고 다시 이들을 프로작으로 달래주고 있으니 참 기막힌 세상 아닌가!

도대체 왜 이런 일들이 일어나는 걸까? 육아에 너무 많은 돈이 들어서만은 아니다. 우리가 강아지를 아기처럼 대하고 고양이 집사를 자처하기 훨씬 전부터 출산율은 이미 떨어졌으며 출산 적령기를 넘긴 부자들의 다수가 반려동물에게 옷을 사 입히고 그들과 이야기를 나누고 반려동물 전용 인스타그램 계정까지 만들어주고 있다.

예전에는 분명 이러지 않았었다. 이렇게 함으로써 분명 위안을 얻는 것은 사실이다. 물론 이러지 말아야 한다는 말은 아니지만, 그 원인은 밝혀야 할 것 같다. 외로운 사람들은 반려동물을 '신중하다' '사려 깊다' '다정하다' 등 사회적 유대와 관련된 인간과 같은 정신 상태를 지닌 것으로 묘사하는 경향이 높다. 인간관계가 날로 힘들어지고 서로 더 멀어지는 세상에서 대안을 찾아보려는 것은 당연한 일이다. 반려동물은 인간에게 조건 없는 사랑을 주고 우리 자신이 누군가에게 필요한 존재임을 느끼게 한다. 오늘날 다른 인간에게서 그런 걸 얻을 수 있기나 할까?

긍정적으로,
조금은
대담하게

인간을 범주로 분류한다면 영국 저널리스트보다 더 냉소적인 부류가 있을까?

나는 냉소와 풍자적 유머에 취해 사는 나라 출신이다. 누군가가 마음에 들어 친해지고 싶으면 우리는 그 사람을 무자비하게 놀리는 방식으로 의사 표시를 한다. 우리의 감정은 오로지 영국인만 읽어낼 수 있을 겹겹의 아이러니 아래 암호화되어 저장된다. 농담으로 축소될 수 없는 것이란 없고 커다란 야망이나 사상은 더없이 천박한 생각으로 취급된다. 자신을 진지하게 여기는 일은 사회 범죄나 다름없어 '역할에 몰입'하는 배우와 화가와 철학가 등을 비웃는다. 프랑스 소설가 스탕달은 "지성과 천재는 영국에 도착하는 순간 가치의 25퍼센트를 잃는다"고 했는데 나를 포함한 보통 영국인은 바로 이런 말들 자체를 우쭐대는 발언으로 여겨 눈을 위아래로 굴리는 것이다.

그런가 하면 저널리스트는 인간 여과기다. 인터넷이 처음 생겼을 땐 모든 것이 민주화되어 누구나 정보에 밝아질 것이란 낙관론도 있었지만, 실상은 우리를 향해 쏟아지는 끝없는 의사疑似정보의 홍수 속에서 이에 대한 해독제로 '엘리트' 저널리즘이 재발견되어야 할 지경이다. 기업과 정치인은 언론 플레이, 부풀리기, 조작 같은 방식으로 뉴스를 지배하려 해왔다. 그러므로 저널리스트는 그들의 허튼소리를 간파하고 제거해야 하는 의무를 진다. 이것을 잘하려면 냉소적인 칼날이 필요하다. 인간의 선한 본성을 믿는 명랑한 사람은 신문사 편집인으로는 그다지 유용하지 못할 것이다.

그래서 냉소는 내 뼛속에 새겨져 있다. 하지만 특히 요즘에는, 누구나 냉소적일 수 있다. 한국만 해도 처음 왔을 때와 180도 달라져 이제 냉소적이다. 그때는 정치인과 언론과 경제계의 말을, 특히 영국에 비교하면 그냥 믿어주는 것처럼 보였다. 어디나 '국뽕'이 주름잡는 것 같았으나 더는 아니다.

냉소의 근본적인 이유는 인간 본성의 선에 대한 믿음의 결핍이다. 한때 가까웠던 사람들과의 관계는 시들해지고 연고

냉소는
지혜인 척하지만
사실
그 정반대다.

스티븐 콜베어

지혜의 가장
확실한 신호는
명랑함이다.

미셸 드 몽테뉴

없는 사람들과 물리적 공간을 공유해야 하는 도시에서(얼굴도 이름도 모르는 이들과 가상공간을 공유하는 온라인도 마찬가지다) 불신이 싹트는 것은 당연하다.

하지만 냉소에는 대가가 따른다. 2014년 조사 결과에 따르면 삶에 대한 냉소적 태도는 외로움과 마찬가지로 노인 치매 발병률을 대폭 증가시킨다.•

냉소로 일관하면 삶이 즐겁지 않을 테고 큰 목표를 성취하려는 노력도 방해받을 것이다. 냉소적 태도를 취한다는 것은 이른바 '버스 주차parking the bus', 즉 열 명의 선수를 골문 앞에 세우는 수비 일관 전술로 강팀 바이에른 뮌헨에 맞서는 것과 같다. 바보 꼴은 면할지 모르나 어쨌든 최소 한 골은 먹을 테고 90분 내내 몹시 비참할 것이다.

한 분야에서 크게 성공했거나 적어도 행복하게 사는 사람들을 떠올려보면 삶에 냉소적인 사람은 하나도 없다. 모든 사람과 모든 것을 믿는 것도 어리석지만, 아무도, 아무것도 믿지 않는 것 또한 어리석은 태도다. 2018년 대규모 조사 결과 똑똑하고 유능할수록 긍정적인 성향이 강한 것으로 드러

•　느보넨Neuvonen 등, "노년의 냉소적 불신, 치매 발병의 위험, 지역사회 기반 코호트 내의 사망률Late-life cynical distrust, risk of incident dementia, and mortality in a population-based cohort", 2014. 6. 17. https://www.ncbi.nlm.nih.gov/pubmed/24871875.

났다. 조사 보고서의 제목은 '냉소적 천재라는 환상The Cynical Genius Illusion'이었다.•

반대로 조지 버나드 쇼는 "정밀한 관찰력이 없는 이들은 그것을 냉소라고 즐겨 부른다"고 말했다. 재치 있는 말이다. 다만 냉소와 회의懷疑를 혼용하고 있으며, 바로 이것이 냉소가 지혜로운 것으로 오해되는 이유라는 점을 말해두고 싶다. 회의는 '직접 본 다음에 믿겠다'는 철학으로서 냉소주의자들이 합당한 근거 없이 아무에게나 갖다 붙이는 딱지인 '천진난만함'을 피하고 긍정적인 자세로 살아갈 여지를 남겨둔다. 냉소주의자들은 직접 보고도 믿기를 거부한다.

그렇다면 이런 세상에서 어떻게 해야 냉소적이지 않은 태도로 살아갈 수 있을까? 나는 이렇게 한다. 나쁜 사람보다는 좋은 사람이 더 많다는 사실을 항상 떠올리려 하고, 세상에 대한 호기심과 아이디어로 가득한 긍정적인 사람들과 더 많은 시간을 보내려 한다. 빈정거림을 줄이고 꾸밈없는 웃음을 더 즐기려 한다. 비꼬는 유머는 패스트푸드 유머라 할 수 있

•   스타브로바Stavrova와 엘레브라흐트Ehlebracht, "냉소적 천재라는 환상: 냉소와 유능함에 관한 믿음의 실체와 허상The Cynical Genius Illusion: Exploring and Debunking Lay Beliefs About Cynicism and Competence", 2018. 7. 11. https://journals.sagepub.com/doi/full/10.1177/0146167218783195.

다. 값싸고 당장 즐기기는 좋지만 금방 허기가 지고 지나치면 건강에 나쁘다.

나는 최근의 정치적 소음과 추문, 오늘 트위터 타임라인을 달군 논쟁 같은 건 정말이지 되도록 읽지 않으려 한다. 이제 정치에 관심을 잃었다는 뜻이 아니다. 시사 문제에 무지한 편이 좋다거나 때때로 분노할 필요도 있다는 걸 모른다는 말도 결코 아니다. 물론 브렉시트 결과에는 관심이 있지만 상황이 날마다 뒤바뀌고 끝이 보이지 않기에 디테일에 과도한 관심을 쏟진 않는다. 한국에 살다보니 미국 뉴스와 문화에 천 퍼센트쯤은 과다 노출된 느낌인데, 트럼프가 날마다 하는 말과 그에 대한 반응을 무시하기 시작하면서 내 정서 상태도 한결 나아졌다. 한국 정치인들과 적잖이 시간을 보내본 결과 주요 정당은 그저 상대방에 반대하기를 좋아하는 사람들의 집단이 아닌가 생각하며 바라보게 되었고(그래도 가장 좋고 가장 싫은 단체가 따로 있긴 하다), 따라서 어떤 추문이 불거지거나 국회에서의 정쟁이 계속돼도 기사 제목과 첫줄만 보고 나머지는 버릴 수 있다.

이 모든 것의 90퍼센트는 어차피 소음이고 오래지 않아 잊힐 것이다.

정치인이나 좀 알려진 사람의 불쾌한 행동, 발언 또는 트위트에 관한 기사 링크를 자꾸만 보내오는 절친이 하나 있다. 이런 집착으로 인해 그의 인간관이 흐려지고 있는 건 아닌지 조금 걱정스럽다. 주변에서 마주치는 사람들이 트위터상의 사람들에 비해 훨씬 정중하고 합리적이라는 사실에 주목해본 적 있느냐고 그에게 묻고 싶다. 날카로운 지성을 갖춘 친구인데도 뭔가 모험을 한다거나 새로운 걸 시도하는 일이 매우 드물다. 전부 허튼소리에 가짜라고 생각하는 함정에 빠졌기 때문이다.

냉소적이고 부정적인 사고의 불합리를 또한 깨달아야 한다. 어머니는 스페인이나 이탈리아나 한국이나 어디로든 휴가 계획을 세우면 볼 것도 없이 날마다 비가 내릴 거라고, 그게 전형적인 일이라고 미리부터 투덜대신다. 이 '전형적 typical'이라는 말은 정말 전형적이건 아니건 영국인들이 무조건 애용하는 단어다(제3차 세계대전이 터질 거라고? 아주 전형적이군. 게다가 오늘 나 쉬는 날이거든). 이미 경비를 모두 지불했는데 틀림없이 비가 올 거고 결국 감기에 걸릴 거란다. 그게 전형적이기 때문에. "스페인의 7월 날씨는 어떨 것 같아요?" 내가 물으면 아마 환상적일 거라고 인정하신다. 우리 자신이 아닌 제3자를 상황에 대입시키면 훨씬 더 긍정적일 수 있다.

내가 지금까지 내린 결정 중 현명했던 것들은 "도대체 왜 그걸 하고 싶어?"라는 질문을 받고서도 끝내 그러기로 결심한 것들임을 기억하려고 노력한다. 단연코 가장 잘한 일인 한국으로의 이주도 그중 하나이리라. 삶이란 결국 긍정적으로, 그리고 조금은 대담하게 살아내야 하는 것이다.

머스터베이션

항상 바이올린을 들고 다니던 그애 모습이 떠오른다. 나보다 한두 살 위였을 것이다. 누구에게나 바이올린 켜는 여자애로 통했고, 실력이 좋았다. 그냥 좋았다는 표현만으로는 부족할지 모른다. 어느 학교에나 장차 잘될 거란 기대를 한몸에 받는 학생이 한둘은 있게 마련인데 그 아이가 그중 하나였다.

최고 관현악단에서 연주하다 마침내 수석 바이올린 주자가 되는 게 그애 꿈이었다. 십대에 접어들면서 열망은 더욱 강렬해져 이제 이 꿈은 반드시 이루어야 하는 것이 되어버렸다. 음악학교를 졸업하면 정상급 관현악단 오디션을 모두 본 다음 한 곳에 입단할 것이었다. 누가 봐도 따놓은 당상이었다.

하지만 그리되지 않았다. 이유는 나도 모른다. 긴장해서 오디션을 망쳤거나, 그냥 심사위원들 마음에 안 들었거나, 아니면 출중한 바이올린 주자가 유독 그해에 많이 몰렸을 수도 있다. 어쨌든 이유는 상관없었다. 본인에게는 오직 결과만이 중요했다.

야망의 참혹한 좌절을 겪은 후 그녀는 10년간 종적을 감췄다. 어디서 누구랑 무얼 하며 먹고사는지 아무도 몰랐다. 가족은 물론 친구와도 연락을 끊었다. 그러나 결국 돌아와 이제는 부모님 집 자기 방에 박혀 지내고 있다. 직업도 없고 친구도 거의 없다. 사라진 10년 동안 어떻게 지냈는지 아무에게도 털어놓지 않는다.

그녀가 들으면 어떻게 생각할지 모르나 내가 보기에 이 이야기의 명백한 교훈은 특정한 야망을 실현하는 데 자신의 모든 정서적 행복을 투자하지 말아야 한다는 것인 듯하다. 즉 결과에 너무 연연하지 말아야 하며 자신의 안정과 행복이 그 결과에 전적으로 좌지우지되는 막다른 골목으로 스스로를 내몰지 말아야 한다.

그녀처럼 극단적이지는 않지만, 대다수 사람이 나는 반드시 어느 대학에 가고 어떤 조건의 사람과 결혼하고 일에서 성공해야 한다는 식의 덫을 스스로에게 걸어놓아 종종 고통

나는 잘돼야 한다,
너는 나를
잘 대우해야 한다,
세상은
수월해야 한다—
이 세 가지
'머스트[must]'가
우리를 방해한다.

앨버트 엘리스

을 겪곤 한다. 나도 그랬다. 첫번째 책이 나왔을 때 반드시 몇 부는 팔려야지 그렇게 안 되면 실패한 거라고 생각했다. 물론 목표에 미달했다. 판매 부수는 내 통제권 밖이라는 점을 명심했다면 실망이 덜했을 것이다. 내가 통제할 수 있는 것은 책 자체의 내용뿐이고, 따라서 그것만으로 나 자신을 평가했어야 옳다.

내가 옥스퍼드대학에 진학한 것은 엄청난 행운이었다. 들어간 것 자체도 그렇지만 반드시 거기 입학해야 한다는 목표를 세워두고 스스로를 괴롭히지 않았기 때문이다. 어떤 친구 하나는 나처럼 운이 좋지 못했다. 아버지와 할아버지 둘 다 케임브리지대학 출신인지라 어릴 적부터 집안에서는 그도 당연히 그러리라는 반*농담이 오갔다(반만 농담이었다. 누구나 알겠지만 가족 사이의 농담만큼 부담감과 자괴감을 주는 것도 드물다). 그에게는 케임브리지에 꼭 가야만 하고 또 가고 말거라는 일종의 숙명 의식이 있었다. 면접을 보고 낙방한 그는 낙심과 상실감 가득한 얼굴로 남은 학기 마지막 몇 달을 보냈다.

심리학자 앨버트 엘리스^Albert Ellis는 '그 관현악단에 입단할 수 있다면 참 근사할 텐데' 정도가 아니라 '그 관현악단에 반드시 입단해야 해' 하는 심리적 상태를 묘사하기 위해 '머스

터베이션^{musturbation}'이라는 재미있는 용어를 만들어냈다. 2천
여 년 전 스토아학파처럼 엘리스도 궁극적으로 우리 통제권
밖에 있는 결과에 모든 자신감과 자아상을 거는 건 고통을
자초하는 일임을 알았다.

하지만 슬프게도 오늘날 우리 세계는 머스터베이션을 조
장한다. 성공한 인생의 전형적 이미지가 전통 매체부터 소
셜 미디어까지 잔뜩 도배돼 있다. 이는 우리도 돈을 많이 벌
거나 예쁘고 잘생긴 얼굴에 완벽한 몸매를 갖추거나 등등 어
떤 특별한 것을 달성해야 할 것 같은 강박감을 준다. 보통의
범주를 넘어서는 평균치 이상의 아웃라이어^{outlier}들이 평범한
성취처럼 보이기 시작한다. 반대로 뭔가를 시도하다 실패한
사람들의 공감할 만한, 긍정적인 이야기들은 좀처럼 소개되
지 않는다. 일상적으로 일어나는 실패가 눈앞에 보이는 실제
세계가 아닌 텔레비전, 온라인 같은 매체에서 시간을 많이
보낼수록 그 덫에 걸려들기 쉽다.

조심스레 얘기하는 거지만, 한국보다 머스터베이션의 손
아귀에 꼼짝달싹 못하게 붙들린 나라가 있을까? 역사적으로
뼈아픈 현대사로 인한 상처를 극복하기 위해 고도의 경제성
장, 높은 교육수준, 해외에서의 인정 같은 성취가 반드시 필
요하다고 절감했을 수 있다. 하지만 그런 지향이 한국인 개

개인에게 미친 심리적 영향을 생각하면 서글퍼진다.

이방인의 눈으로 볼 때 부모의 경제적 부담과 자녀의 정신 건강 문제를 감수하면서까지 아이들을 명문대에 보내려는 맹목적인 노력에서부터 한국인의(그게 누구든 어쨌든 한국인이면 된다) 노벨상 수상 여부에 대한 언론의 집착까지, 이 나라는 필사적으로 결과에 연연한다는 느낌을 자주 받았다. 이런 사회 분위기가 표절, 자료 위조, 경쟁자에 대한 고의적 방해 같은 반사회적 행위를 더욱 부추긴다. 그뿐 아니라 이런 풍토는 대부분의 사람을 실패자로 만든다. 한국은 통계수치로만 보면 가장 성취도가 높은 나라로 꼽히지만 최정상에 오른 사람들만 결과를 향유한다.

내가 보기에 한국에서의 성공이란 우수한 학업성적, 명문대 진학, 대기업 입사, 특정 지역 아파트 거주, 결혼, 자녀 출산과 같은 아주 옹색한 표준을 따르게 되어 있다. 수많은 사람에게 이런 것들이 필수로 제시되지만 우리 자신이 아닌 사회의 요구라는 점에서 슬프게도 진정성이 결여돼 있으며 모두가 이걸 다 성취하기란 산술적으로 불가능하다. 스카이^{SKY} 대학 입학 정원, 대기업 채용 인원은 한정돼 있고 아파트 가격과 자녀 양육비는 어마어마하다. 그래서 이 극한경쟁에 뛰어든 대부분의 사람들에게 불행한 결과는 필연적이다.

수석 바이올린 주자건 백만장자건 무엇인가가 '반드시 되어야 한다'고 스스로에게 말하는 순간, 자진해서 자신을 궁지에 몰아넣는 셈이다. 상황을, 그리고 자기 자신을 있는 그대로 받아들이기란 무척 어렵다. 하지만 건강한 정신을 지키고 싶다면 그래야 한다. 현재를 '반드시'보다 중시해야 한다.

그렇다고 자신감을 버려야 한다거나 노력하지 말아야 한다는 말은 아니다. 수동적이어서도 안 된다. 삶에 만족하려면 온 마음과 열정을 바칠 만한 것들을 찾아 전력을 기울여야 한다. 다만 "결과는 내가 통제할 수 있는 게 아니야. 그냥 최선을 다하고 좋은 결과가 있길 바랄 뿐이지"라고 말할 수 있어야 한다.

바이오필리아

출근길이다. 을지로3가역을 막 지나쳐 걷는다. 피로가 겹겹이 내려앉았지만 목표의식 뚜렷한 얼굴에 정장 차림을 한 사람들이 파도처럼 밀려오고 밀려간다. 같은 방향 반, 반대 방향 반이다. 부딪쳐 들어오는 사람도 있고 앞에서 길을 막고 유유히 걷는 사람도 있다. 고개를 들어보면 자욱한 먼지 뒤로, 주위의 콘크리트와 강철과 유리라는 차가운 현실 너머로 선명하게 푸른 하늘이 거짓말처럼 높이 펼쳐져 있다.

　이미 25분간이나 승객으로 가득찬 지하철 금속 상자 안에 서서 빛을 발하는 조그만 직사각형 전자기기를 들여다보고 있었는데, 이제 콘크리트와 강철과 유리로 만들어진 상자 안에 앉아 빛을 발하는 커다란 직사각형 전자기기를 들여다보며 오전을 보낼 것이다.

그 검게 반짝이는 고층건물 옆으로 지구를 받쳐든 남자의 거대한, 근육질의, 디스토피아적 조각상이 마치 인류세^{人類世}의 판타지처럼 서 있다. 그래도 주위에는 잔디를 심고 인공 연못도 파놓았다. 꼬마들이 간신히 개헤엄을 칠 깊이밖에 안 되지만 물살이 반짝거리며 소용돌이를 친다. 삶이 한층 즐겁던 시절, 태국 해변 호텔 수영장에서 보았던 물결의 일렁임이 생각난다. 어서 들어오라고 손짓하는 것 같다. 하지만 잠깐, 그건 어리석은 짓이다.

며칠 전 그 순간, 그런 생각을 하던 잠시 동안만큼은 좀더 느리고 즐거운 세상 속에 있었다. 그러다 깨달았다. 그때를 빼면 아침 내내 자연과 떨어져 있었다는 것을.

공원과 산과 나무가 가득한 소도시에서 나는 자랐다. 어린 시절 우리는 학교 수업 후 옷을 갈아입고 간단히 요기를 한 다음 학교 담을 넘어들어가 그 널따란 잔디밭에서 몇 시간씩 축구를 했다. 더 자라서는 산책을 시작했다. 그곳엔 비가 자주 내렸지만 간혹 날이 개면 학교에서 돌아와 음악을 들으면서 한두 시간 걸었다. 시골길을 그렇게 천천히 걸으면 나뭇가지 사이로 내려와 곧장 몸속으로 파고드는 알알의 햇살들이 보이고 느껴지는 것만 같았다.

자연 속에 있으면 왜 기분이 좋은지 그때는 몰랐다. 그냥 나는 거기 그렇게 있었다. 서울, 런던, 상하이 같은 도시에서 살아본 후에야 비로소 자연과 행복을 관련지어 생각할 수 있게 됐다. 도시를 싫어하는 것은 아니다. 다양한 문화, 훌륭한 음식, 흥미로운 일을 하는 사람들을 전부 포기하고 싶은 생각은 없다. 하지만 내 시간의 일부를 자연 속에서 보내지 않으면 몹시 괴로워진다는 것을 깨달았다.

자연을 마음껏 느낄 수 있는 곳에서 나를 길러준 부모님께 감사드려야 하리라. 덴마크 오르후스대학 연구진에 따르면 녹지에 둘러싸여 자란 이들은 훗날 정신질환을 앓을 가능성이 55퍼센트 낮다고 한다.•

자연 속에 있으면 스트레스가 감소하고 맥박과 혈압이 낮아지며 숙면을 취하게 된다. 그리고 더 행복해진다. 런던 정치경제대학 연구진의 '매피니스^Mappiness' 프로젝트는 2만여 참가자에게 하루 두 번씩 자신의 감정을 스마트폰 앱에 기록하게 하면서 GPS로 위치를 파악했다. 참가자들이 무엇을 하

• 오르후스대학, "녹지에 둘러싸여 보낸 어린 시절은 성인이 되었을 때 정신건강을 증진시킬 수 있다Being surrounded by green space in childhood may improve mental health of adults", 2019. 2. 25. https://www.eurekalert.org/pub_releases/2019-02/au-bsb022019.php.

고 있었는지는 통제변수로 관리했다(해변에 누워 있으면 아마도 휴가중일 테고 따라서 평소보다 더 행복할 것이다). 그리하여 '자연환경 속에서 행복은 더 커진다'는 사실을 발견했고, 그것이 보고서 제목이 됐다.[•] 더 자세히 보면, 우리는 물가에서 가장 행복하고 산에서도 상당히 행복하며 도시환경 속에서 가장 덜 행복하다.

일부로서 깃들어 살던 환경을 이제 지배하고 개조하는 자로 변하면서 우리는 지구를 손에 든 거대한 근육질의 조각이 되어버렸다. 하지만 이건 자연스럽지 않다. 우리 본능에 각인된 자연을 원하는 마음은 이제 어디서 갈증을 달래야 할까.

● 매커론Mackerron과 무라토Mourato, "자연환경 속에서 행복은 더 커진다Happiness is greater in natural environments", 2013. 8. https://eprints.lse.ac.uk/49376/1/Mourato_Happiness_greater_natural_2013.pdf.

걷기의 즐거움

나는 말하자면 4차원, 애늙은이, 범생이가 뒤섞인 조금 이상한 아이였다. 학교는 항상 '나답게 사는 것'과 어울리기 위해, 또는 적어도 왕따당하지 않기 위해 해야 할 일을 하는 것 사이의 타협이었다. 내가 뭐 특별하거나 특이했다는 말이 아니다. 그런 사람은 나 말고도 수백만일 테니까.

열다섯 살쯤에는 어렴풋이 정상적으로 행동하는 법을 터득했다. 마침 좋아하게 된 산책은 학교생활이라는 겉치레로부터의 해방과도 같았다. 산과 나무 속에 깃드는 일은 커다란 위안이자 홀로 본연의 내가 될 수 있는 소중한 시간이기도 했다. 나는 이어폰으로 좋아하는 음악을 들으며 발걸음을 옮겼다. 차트에 목맨 또래들은 싫어할 오래된 힙합, 인디밴

드나 비틀스 또는 지미 헨드릭스 등 아버지 취향의 딱 애늙은이 음악이었다. 가면도 필요 없고 부모님의 잔소리도 사라진, 오직 나만의 시간이었다.

묘하게 약간 반항하고 있는 기분까지 들었다. 디스토피아 소설 『화씨 451』에서는 천천히 걷기가 불법이고 집에 앉아서 텔레비전을 보는 사람이 이상적 시민이다. 십대 시절 내가 느낀 것이 그와 다르지 않았다. 과장이 아니라 동네 사람 대다수가 각각 1960년대와 1980년대 이래 계속 방영중이던 〈코로네이션 스트리트Coronation Street〉와 〈이스트엔드 사람들Eastenders〉이라는 두 개의 연속극 중 최소 하나는 보고 있었다. 쉬는 시간에 전날 방송한 이야기를 두고 떠드는 대화에 가담하지 못하면, 그건 사회적 결함이었다. 나는 산책을 했었기에 전혀 끼어들 수 없었다. 알고 지내던 이웃의 '이상적 시민'들이 가끔 어머니에게 "댁의 아들이 또 돌아다니는 게 창밖으로 보이더라고요"라고 말해주곤 했는데 '또'에 강세가 실린 그들 말에는 '당신 아들 괴상해'라는 뜻이 숨김없이 드러나 있었다.

하지만 걷는 행위 자체에 담긴 소중한 무엇 때문에 이후 걷기는 내게 변함없는 습관이 되었다. 자연 속에서든 도시에서든 주변환경을 음미하는 것 외에 별다른 목적 없이 느릿느

릿 세상을 걷는 일에는 가치가 있다. 내 경우 걸으며 숙고해보지 않고서는 아무것도 계획하지 않을 정도다. 그만큼 걷기의 속도와 리듬은 생각에 큰 도움을 준다. 걷다보면 방금 전 생각이 어리석었음을 깨닫게 되고 그걸 대신해줄 더 나은 생각이 떠오를 때가 많다(이 책을 쓸 때도 그랬는데, 독자들이야 형편없다고 생각할 수도 있겠지만 날마다 펜과 종이를 주머니에 넣고 산책을 하며 써나가지 않았다면 이만큼도 해내지 못했을 것이다).

걷기는 마법처럼 서로 다른 생각을 연결시켜주기도 한다. '맨스플레인mansplain'이란 용어를 유행시키며(사실 그녀가 만든 용어는 아닌데, 여성 독자들이여, 이미 알고 있었다면 내가 이렇게 굳이 설명하는 아이러니를 부디 용서하기 바란다) 더욱 유명해진 리베카 솔닛은 저서 『걷기의 인문학』에서 훨씬 더 시적으로 이렇게 말한다. "걷기의 리듬은 생각의 리듬을 만들어내고 풍경을 지나쳐가는 일은 일련의 생각을 지나쳐가는 과정과 반향하거나 그것을 자극한다."

느리게 걷기가 중요하다. 오늘날 우리는 속도와 생산성, 무엇보다 '바쁘기being busy'에 중독된 상태다. 바쁜 사람이 성공한 사람이며 중요한 사람이란 환상에 사로잡혀 자만을 감추려는 시늉도 없이 '바쁨busy-ness'을 과시한다. 너무나 바빠,

내가 얼마나 바쁜지 상상도 못 할 거야(번역하자면, '나는 너보다 훨씬 많은 일을 해내는 중요한 사람이야'). 그런데 온종일 이런저런 회의에 참석하고 틈틈이 천 가지는 될 법한 업무를 처리하고 나면 문득 궁금해진다. 도대체 그걸 다 한 이유가 뭐지? 스트레스만 받았을 뿐 나와 남들의 삶에 별로 보탬이 되는 것도 아닌데 말이야.

이제 우리의 하루는 테크놀로지가 부추기는 부단한 주의산만으로 점철돼 있다. 동업자가 밤 11시에 카카오톡을 울리고 친구는 근무시간에 페이스북 메시지를 보내온다. 하던 일이나 휴식에 집중하지 못하고 차분히 생각해볼 시간도 없지만 웬지 꼭 응답해야 할 것만 같다. 나는 걸을 때 웬만해선 휴대전화를 확인하지 않는다. 마음을 가다듬고, 정신을 어지럽히는 원천을 멀리하면 무의미한 '바쁜 일'에서 정작 중요한 것을 가려낼 수 있다. 앞에서도 말했듯 약간 반항하는 기분이다. 단순히 걷는 것만으로도 우리는 남들처럼 분망히 서두르고 수만 군데에 정신이 팔리기를 결연히 거부할 수 있다.

걷기를 통해 또한 현대인의 틀에 박힌 생활 패턴을 균열낼 수 있다. 인류의 진화 방향과 반대로 우리는 대부분의 시간을 실내에서 보낸다. 집에서 지하철로 그리고 지하철역에서 곧장 연결된 사무실로 갔다가 집으로 돌아오는 게 다인 날들이 있다. 맑은 공기도 햇빛도 부족해 건강에 해로울 뿐 아니라(지나친 실내 생활이 낳은 비타민 D 결핍으로 구루병 환자가 다시 증가하는 것이 영국의 현실이다) 바깥세상 돌아가는 꼴을 거의 못 보니 아예 관심도 갖지 않게 돼버린다. 이런 생활방식은 스스로를 공동체 또는 세계의 일부이기보다는 하나의 고립된 요소로 간주하게 한다. 휴대전화 화면의 뉴스와 소셜 미디어를 통해서만 세상과 연결돼 살다보면 사람들과 어울려 시간을 보낼 때보다 더욱 어두운 시선으로 인간을 바라보게 된다.

사무실 생활은 자신에게 더 열중하게 하고 타인에게 관심을 덜 기울이게 만들면서 균형감각을 앗아간다. 게다가 활동량이 줄면서 체중도 는다. 중세 영국 조상들은 하루 4천 칼로리를 소모했다는데 책상 앞에 앉아서 내가 그만한 칼로리를 소모할 리는 없다. 대책은 인근 몇 블록을 휙 걸어서 돌아오는 것이다. 그러면 마주치는 수백 명의 사람이 저마다 근심을 갖고 살며 그중 다수는 내 것에 비해 훨씬 심각하다는 것을 알게 된다. 그리하여 결국 내 문제도 더 넓은 시각에서 보면 하찮은 것임을 깨닫는다.

도시에서의 걷기는 자연에서의 걷기와 또다른 나름의 즐

거움을 준다. 자연은 내가 개별자가 아니라 거대한 세상의 작은 부분으로 존재할 뿐이라는 일종의 일체감을 주는 데 반해, 도시는 한발 떨어져 바라보게 함으로써 역설적으로 유용한 경험을 제공한다. 천천히 걷다보면 바깥으로 물러나 사람들이 하는 일을 관찰할 수 있다. 택시가 정차해 뒤따르던 차의 길이 막히고 두 운전자가 거친 몸짓을 하며 서로에게 욕을 퍼붓는다. 서울 같은 대도시에서는 하루에도 수천 번은 일어날 일이지만, 당사자들에겐 자못 중대한 순간을 목격하며 피식 웃어보기도 한다. 그것도 그리 중요하지 않은 일임을 깨닫고, 다음에 그런 사소하지만 짜증스러운 일이 나에게 닥칠 때를 대비해 교훈으로 삼기도 한다. 조금 떨어져 있는 느낌은 큰 선물이 될 수 있다. 눈앞의 문제에서 한발 물러나, 다른 사람이 이 상황에 처해 있다면 나는 뭐라고 조언할까 자문해보면 보다 나은 결정을 내릴 수 있다.

　모르는 동네나 도시에서 약속이 있을 때면 일찍 도착해 한동안 걸어보곤 한다. 상하이에 갔을 때도 걷다가 조그만 공원에서 기타를 치며 노래하는 학생들을 보았다. 호기심 어린 눈빛으로 바라보는 나에게 그 친구들이 함께하자고 권해 비틀스 노래 두어 곡을 기타로 쳐주었다. 어디서 경찰관이 나타나기에 해산당할 줄 알았는데 그냥 지나쳐가더니 잠시 후

맥주를 들고 돌아왔다. 그리하여 공원에서 중국 학생들과 경찰관이랑 술을 마시고 노래하며 반시간쯤 보냈다. 우연히 누린 즉흥적인 즐거움 덕분에 그 시간은 소중한 추억으로 간직됐다. 그와 반대로, 이후 참석했던 회의에 관한 기억은 까맣게 사라지고 없다.

시선으로부터의
자유

"자기가 특별하다고 생각하면 손 들어봐요."

일곱 살이던 해, 학교 조회에서다. 우리는 늘 그랬듯 다리를 포개고 앉아(너무 자연스러운 내 양반다리 실력에 식당에 함께 간 한국 사람들이 놀라는 이유다) 동네 교회에서 나온 평신도 설교자 두 분의 말씀을 들었다.

특별히 종교적인 학교는 아니었지만 당시 영국 학교 대부분이 그랬듯 매일 아침 교장 선생님의 지도에 따라 기도를 하고 찬송가를 불렀다. 고개를 숙이고 "아멘" 하며 별생각 없이 따라 부르면 됐다. 그걸 정말 다 믿는 미국인과 달리 우리 영국인에게 기독교는 수 세기 동안 이어져온 기본값이자 습관이었다. 진짜 종교인이 들어와 설교를 하는 일은 드물었다.

절반가량이 손을 들었다. 자신이 '특별'해야 맞는지 긴가 민가했기에 결정하기 전 대세를 가늠하려고 두리번거리는 아이도 많았다. 솔직히 학교생활이란 그런 것 아닌가. 어쨌든 정답은 눈송이들처럼 신은 인간에게도 각각의 특성을 주어 창조했기에 우리는 다 특별하다는 거였다. 설명을 듣고 나서 설교 말미에 같은 질문을 다시 하자 이번에는 거의 다 손을 들었다.

나, 그리고 다른 반 여자아이 하나만 빼고. 무슨 자기변호를 할 생각도 없었고 설령 하려고 해봤자 어린 나이에 내 생각을 제대로 전달하지도 못했을 것이다. 그러나 적어도 마음속으로는 '다르다'는 것과 '특별하다'는 것에는 차이가 있다는 걸 알았다. 눈송이는 정말로 저마다 다르겠지만 그렇다고 눈송이 하나를 골라서 다른 눈송이보다 더 큰 관심을 줄 수도 없는 일이고 어차피 금방 녹아버릴 것이다.

이건 잔인한 말이 아니다. 아이들에게 넌 특별하고 무엇이든 이룰 수 있다고 하는 현대 서구문화가 더 잔인하다. 1980년대 말 이래 '자존감self-esteem 구축'이란 개념이 영국과 북미에 뿌리를 내렸고, 그 결과 실제 능력과 무관하게 무슨 일에서든 전적으로 자신을 신뢰하지 않으면 안 되게 돼버렸다. 절대로 실패하면 안 되고 반드시 승자가 돼야 한다. 이런 시대정신을 완벽하게 포착한 로레알의 '나는 그만한 가치가 있으니까Because I'm Worth It'는 광고사상 가장 성공한 최장수 슬로건이 됐다.

자존심self-respect은 자기자비self-compassion 또는 자기애self-love처럼 필요한 것이지만, 자존감은 다르다. 자존감은 최근 세대 서구인에게 자신이 대단히 탁월한 능력을 타고난 사람이며 남보다 뛰어나다는 확신을 심어줬다. 그 결과 많은 사람은 자신이 어떤 일에서든 평균 이상이라고 생각한다. 절대적, 상대적 의미에서 세상사람 전부가 머리 좋고 인물도 뛰어나고 유능해져버린 셈인데 이는 자기모순이다. 조사에 따르면 미국 밀레니얼 세대 절반 이상이 장차 자신은 백만장자가 될 거라고 믿는다는데● 최근 사회 현실을 볼 때 '웃픈' 몽상이라 할 수 있다. 1950년대부터 미국 10대를 대상으로 실시해온 조사에는 모두 400개 항목이 있는데 "나는 중요한 사람이다" "나는 내 몸을 바라보는 게 좋다" "나는 비범한 사람이다"와 같은 진술에 대해 "그렇다"고 응답한 비율이

● 이코노미스트, "미국의 밀레니얼은 장차 부자가 될 거라고 생각한다American Millennials think they will be rich", 2019. 4. 22. https://www.economist.com/graphic-detail/2019/04/22/american-millennials-think-they-will-be-rich.

최근 급격한 상승곡선을 그리고 있다.[•]

서구 부모 다수는 자신의 자녀가 얼마큼 '천부적 재능'을 지녔다고 믿으며 그걸 못 알아보는 교사는 소임 불이행으로 비판받아야 한다고 여긴다. 그리고 이것이 성적 인플레이션을 불러온다. 아이가 말썽부린 사실을 전해주면 학부모들은 믿으려 들지 않고 오히려 교사 탓을 한다. 자존감이 다치지 않도록 아이들은 어떤 부정적인 반응으로부터도 보호받아야 한다는 통념이 만연하다. "넌 할 수 있어" 정도가 아니라 "넌 굉장한 아이니까 당연히 해낼 거야"가 돼버렸다. 이런 메시지 속에 의도치 않은 무거운 압박이 내재해 있음은 말할 필요도 없다.

내가 좋아하는 코미디언 딜런 모런[Dylan Moran]은 인간의 실존에는 아이, 실패, 노화, 죽음의 네 단계가 있다고 했다. 물론 모든 사람이 필연적으로 실패하게 돼 있지는 않다. 모런은 워낙 괴팍한 페르소나이고, 실패는 나를 포함한 대부분의 사람이 자주 느끼는 친숙한 감정이긴 해도 말이다. 하지만 어느 정도 실패는 필연적이다. 자신은 훌륭하다고 믿게끔 양

[•] 미셸 보바Michele Borba, 『셀카에 빠진 아이, 왜 위험한가?: 공감력이 아이의 미래를 좌우한다Unselfie: Why Empathetic Kids Succeed in Our All-About-Me World』 28쪽, 터치스톤, 2017.

육됐다면 장차 현실에서 받는 충격이 훨씬 아플 것이다.

과격한 일반화일 수도 있지만 영어권 국가 사람들은 근거도 없이 자존감 높은 어린 시절을 보낸 후 인생을 살아가며 의당 자기가 누릴 거라고 여기던 걸 얻지 못하고 삶의 푸대접을 받을수록 자존감을 잃는다.

한국사람들은 반대인 것 같다. 한국사람들은 하찮은 존재로 취급되다가 어떤 사회적 지위를 획득하고 나서야 자부심sense of self-worth이 커진다.

지위가 더욱 높아져 교수님이나 사장님 같은 직함을 갖게 되면 심할 정도로 만인의 우대를 받기 시작하며 자존감도 덩달아 치솟는다. 통상 나이에 따라 지위도 올라가고, 나이 자체가 어느 정도 지위를 부여하기도 하기에 내로라하는 사람들 다수가 나이가 있고 경력이 길다. 심리적 대처 전략일 것 같은데, 그 나이에는 그런 지위가 없는 사람들조차 있는 척하곤 한다. 삽화적 관찰일 뿐이지만 영국 거리에서 누군가가 거칠게 맞부딪혀온다면 그는 자기도취에 빠진 20대 초반 청년이기 쉽고 한국에서는 50세쯤의 중년 남성이기 쉽다.

대부분 사람들에게 지위는 직함, 재산, 학력 등으로 획득된다. 그보다 손쉬운 방법으로, 필요도 없는 사치품에 돈을 허비하면서 타인과의 이길 길 없는 군비 경쟁에 돌입함으로써 지위를 얻으려는 사람들도 있다. 현대 스토아학파 학자 윌리엄 어빈^{William Irvine}은 물질적인 것들은 그대로지만 사람은 오직 나뿐인 세상을 상상해보라고 말한다. 베르사체 파자마를 입고 궁전에 살면서 날마다 샴페인을 마시고 산해진미를 먹을 수 있겠지만, 그러고 싶겠는가? 그런 것들이 의미 있는 이유는 남들의 시선 때문이다.

아무튼 이런 것들은 모두 외면적 표식에 불과하다. 지위는 사회에 의해 규정되고 우리가 지닌 것의 가치를 남들이 인정해줄 때 지탱된다. 그런데 남들이 우리를 어떻게 생각하는지는 아무리 애쓴들 궁극적으로 통제할 수 없고, 애를 쓰면 쓸수록 한심해 보이기 쉽다. 스스로의 가치를 겉으로 드러나는 지위에 근거해 매긴다면 자기 잘못으로건 아니건 남들의 평가가 달라지는 순간 내면마저 황폐해질지 모른다.

나 자신은 물론 독자들에게도 결코 일어나지 않아야 할 우습고도 잔혹한 사례가 있다. 레오폴트 폰 자허마조흐는 당대 최고의 소설가로 명망을 떨친 19세기 오스트리아 작가다. 심리학자 리하르트 폰 크라프트에빙^{Richard von Krafft-Ebing}은 자신의 고통에서 쾌락을 얻는 사람을 가리킬 용어를 찾고 있었는데 후세의 천재 벨벳 언더그라운드가 동명의 노래로 발표하기도 한 『모피를 입은 비너스^{Venus in Furs}』를 비롯한 자허마조흐의 소설에 이런 주제가 자주 사용된다는 사실을 깨닫고 이 심리적 기벽을 '마조히즘^{Masochism}'이라 명명해도 좋겠다고 생각했다. 본인의 사생활에 실제로 마조히스트 같은 측면이 있었다는 사실이 훗날 밝혀졌으나 자허마조흐는 이 용어를 몹시 싫어했다. 하지만 별도리가 없었고, 그의 명성은 본의 아니게 이름을 빌려주게 된 성도착과 영원히 묶이고 말았다. 이제 그는 작품으로도, 다른 무엇으로도 기억되지 않는다. 정신병동에서 그가 말년을 보낸 이유를 확실히 알 수는 없지만 급작스러운 이미지 추락도 그의 정신건강에 도움이 되지 않았을 듯하다.

지위에 바탕을 둔 자존감이든 근거 없는 영미권식 자존감이든 방어적인 자세로 살아가게 만든다는 점에서는 똑같다. 결국 사회에서 배신을 당하거나 좋지 않은 결과에 이르는 일이 없어야만 유지될 수 있기 때문인데, 두 가지 모두 우리 통제권 밖에 있다. 나만 해도 손대는 일마다 실패한 시기가 있었으며(경제위기가 한창이던 2008년과 2009년 사이 1년간 취업 거절을 당한 게 무려 100건이 넘는다) 90퍼센트는 순전히 운으로 성공을 거둔 일들도 있다(맥주 사업이 가장 명백한 사례겠다). 실패 시기에는 친구들을 피했고 자살까지도 생각했다. 성공 시기에는 얼마간 사회의 인정을 받았다는 데서 조금 자랑스러워지기도 했다. 그러나 돌아보면 두 시기 모두 한 인간으로서 나를 온전히 반영하지 못한다. 그저 운의 파도에 휩쓸려 이리저리 던져졌을 뿐이다. 따라서 딱히 자신에 대한 믿음을 잃어서도 얻어서도 안 되었던 거다. 다만 상황과 상관없이 열심히 노력했을 뿐이다. 만일 뭔가를 자랑스러워해도 된다면 바로 그것 아닌가 싶다.

자긍심 self-worth 은 내면에서 나와야 하고 최선을 다했다면 결과나 세상의 평가와 무관하게 증대되어야 한다. 삶이 다 그렇듯 결과보다는 과정에 초점을 맞춰야 한다. 누구보다 낫다는 식의 믿음이나 비교가 틈입하면 안 된다. 오만해지지 않고 남보다 낫다는 생각 없이도 자신을 사랑할 수 있다.

다른 아이들은 그렇지 않아야 우리 아이가 천부적 재능을 가진 게 되고, 다른 사람들은 아니어야 내가 사장님이 되며, 다른 학생들은 아니어야 내가 반 일등이라는 사고방식을 자부심의 기반으로 삼는다면 타인의 존재 자체가 경쟁의 원천이 되고 만다. 이는 소외를 불러오며 우리의 진화 방향과 배치되는 길이다.

인간은 스스로를 웃어넘기는 여유가 필요하다. 그런데 대외적 이미지나 타인과 차별화된 지위를 사수하려고 방어적인 자세로 살아간다면 그러기가 쉽지 않을 것이다. 특별해야 한다는, 상대적인 지위를 획득해야 한다는 욕구를 버림으로써 우리 자신을 해방시켜야 한다.

기자 친구 하나가 해준 얘기다. "지위를 택할 수도 있고 행복을 택할 수도 있지만 둘 다 택할 수는 없어요."

우리 누구나 장점을 갖췄지만 기막힌 단점도 많다. 게다가 삶 자체가 본질적으로 부조리한 것이다. 우리는 모두 결함이 있는 두 사람의 성교를 통해 생겨난 결함 있는 산출물로서, 무척 중요해 보이지만 다른 시대나 장소의 관찰자가 본다면 무의미하고 사소할 온갖 부침을 헤치고 살다가 결국 죽는다. 눈 깜짝할 사이 스치고 지나가는 아름다움과 기쁨의 순간들처럼 이런 사실도 받아들일 때 더 행복할 수 있다.

욕 좀 먹어도
괜찮아

"그러면 욕 많이 먹을 것 같은데…… 다들 뭐라고 할 거야."

"그럼 안 돼?"

"……"

"커리어에 해로울까? 인생이 파멸하나?"

"그건 아니지만…… 그래도……"

욕 좀 먹어도 된다. 비난받지 않기를 바라며 평생 방어적인 자세로 살 수는 없다. 비난도 칭찬도 대체로 무시하는 게 좋다.

· ·

몇 년 전 친구 결혼식 사회를 본 적이 있다. 조금 별나지만 그들은 우리 삼성동 술집 테라스에서 결혼식을 올렸다.

해가 뉘엿뉘엿 떨어지는 늦은 오후라 사회 진행 대본을 읽어내기가 점점 어려워졌다. 결국 읽던 곳을 놓쳐버렸고 기억에 의지해 웅얼거리다 엉뚱한 말을 했다. 신부 입장 선언을 해야 할 지점에서 헷갈리는 바람에 멀뚱하니 서 있자 신부가 알아서 층계를 내려왔다. 많은 하객 앞에서 벌어진 일이다. 시작부터 긴장하긴 했지만 식이 끝났을 때는 얼이 나가 있었다.

한국어로만 된 대본이었다. 신부도 나도 같이 아는 한 하객이 다가오더니 자신만만한 영어로 누구에게나 다 들리도록 "자기 한국말 공부 더 해야겠네!"라고 했다.

인정하기 부끄럽지만 기분을 완전히 잡쳐놓는 한마디였다. 그러잖아도 한국어 실력이 곧 한국 생활의 성공 여부를 가늠하게 해주는 척도라 생각해 콤플렉스가 있는 편이다. 한국어 못한다는 소리보다 차라리 못생겼다, 멍청하다는 소리를 듣는 게 낫다. 게다가 한국인이라면 누구든 내 한국어 실력을 판단할 자격이 있다. 누군가가 나의 다른 능력을 비판

모욕은
보복하기보다는
무시하는 편이
낫다.

세네카

한다면 '흠, 저 사람이 뭘 아는데?' 하며 혼잣말을 할 수도 있다. 하지만 한국어에 관해서라면 나보다 잘 아는 사람이 줄잡아 오천만이다.

그 말이 모두에게 들렸다는 것도 문제였다. 이미 낙심한 상태에서 마침내 만천하에 치부가 까발려진 기분이었다. 게다가 그녀는 자신감 넘치는 태도로 아주 훌륭하게 영어를 구사했다. 당연히 비교가 될 거였고, 비교야말로 평정심을 무너뜨리는 최악의 적이다. 너처럼 되고 싶은데 그렇지 못한 나를 너는 비웃는구나. 잠시 후 나는 영국인은 '프렌치 리브 French leave'라 부르고 프랑스인은 반대로 '필레 아 랑글레즈 filer à l'anglaise'라고 부르는 것을 해버렸다. 남몰래 슬쩍 빠져나간 것이다.

사실 대단한 모욕도 아니었다. 더 무례한 말들도 충분히 나올 수 있었다.

소심한 본성이야 어쩔 수 없겠지만 모욕감을 느낄 때 조금 더 침착해지는 법을 이후 배웠다. 모욕은 주는 쪽과 받는 쪽으로 나뉜다. 전자에 대해서는 통제권이 없으나 어떻게 받아들이느냐에 대한 것이라면 얼마큼 통제가 가능하다. 스토아 철학에는 '바위를 모욕해보라'는 금언이 있다. 무슨 소리를 한들 바위는 꿈쩍도 안 한다.

혹평을 두려워한다는 건 정말 멍청한 짓이란 인식을 조금씩 내면화할 수 있었다. 타인들의 평가는 예측 불가능하고 오해에 바탕을 둔 것이기 쉬워 그것을 통해 마음의 평화를 찾은 사람은 없다. 순전히 선입견만으로 서로를 오판하는 경우도 많다. 좋아하는 유명인을 하나 떠올려보자. 그는 우리가 상상하는 사람과 전혀 다를 것이다. 진정으로 안정된 사람은 자신의 삶에 충분히 만족하고 남들의 평가는 개의치 않는다. 그렇게 되기란 몹시 어렵지만(자신에 대해 그 정도로 편안한 친구를 딱 하나 안다) 한 발짝이라도 그쪽으로 다가가면 그 차이를 실감할 것이다.

모욕이나 비판을 받으면 자문해보자. 저 말이 사실일까? 사실이라면 비록 잔인한 데가 있더라도 어쨌든 맞는 말이다. 내용의 사실성에서 전달 측면의 잔인한 요소는 떼어내고(잔인함은 아마도 상대의 심리적 취약성에서 기원했을 것이다) 배우고 개선하는 기회로 삼아보자. 사실이 아니라면 상대의 생각이 잘못된 것이니 무시하면 된다.

인터넷 악성 댓글 문제만 봐도 이런 측면이 확연하다. 유명인을 모욕하는 익명의 학대범은 우선 시기하고 있으며 또한 그 유명인의 삶을 알지 못한다는 점에서 모르는 소리를 하고 있다. 스스로의 약점에 대한 대처 전략으로 유명인을 이용하고 있을 뿐이다. 하지만 슬프게도 공인은 댓글을 두려워하지 않을 수 없다. 따라서 한갓 소음이지만 타격이 크다. 온라인상의 익명 댓글에, 그리고 그걸 들어 "누리꾼이 X라고 한다" "누리꾼이 Y를 비판한다" 식의 한심한 기사를 내는 매체에 별다른 책임을 묻지 않는 현실을 심각하게 돌아봐야 할 때다.

주제로 돌아가서, 한발 떨어져 바라보는 자세가 필요하다. 악의적인 언사가 나 아닌 다른 누군가에게 던져졌다면 어떻게 느꼈을지 상상해봐야 한다.

결혼식 사회 사례에는 두 가지 요소가 다 있었던 것 같다. 한국어 실력을 늘려야 하는 건, 사실이다. 하지만 어두워서 종이 위 글자를 읽을 수 없었다는 경감 요인도 참작되어야 한다.

사람들 말에 상처받은 경험을 떠올려보자. 상대방이 왜 그렇게 말하는지 생각해봤나? 우리가 남들에게 가혹한 말을 했을 때는 어떤가. 전혀 다른 동기로 그랬을지 모른다. 어린 시절 세 살 위 사촌누나와 같은 버스를 타고 같은 학교에 다녔다. 한동안 아이들의 괴롭힘을 당하다 어느 날 표적이 되기 싫어 무려 5분 동안이나 누나에 대한 험담을 지껄였다. 다들 재미있어했지만 누나는 물론 몹시 속이 상했다. 나중에 내가 한 짓을 깨닫고서 정말 끔찍했다. 누나를 좋아했고 진담도 아니었지만 누나 입장은 물론 달랐다.

누군가로부터 모욕을 받으면 대리 복수라도 하고 싶은 마음, 제3자 앞에서 과시하고 싶은 열망, 질투 등의 불합리한 에너지에 사로잡히기 쉽다.

•　•

때에 따라서는 모욕이 유익할 수도 있다. 나는 여러 면에서 운이 좋은 사람이다. 일반적으로 강대국 출신 백인은 세계 어디를 가든 대체로 환영받는다.

하지만 내 얼굴을 보고는 어서 미국으로 꺼져줬으면 하고 바라는 낯이 역력한 남자들을 해마다 한두 번씩 대한다. 한번은 어떤 아저씨가 털이 북슬북슬한 내 팔을 가리키며 "진화가 덜 됐다"고 지적한 재미있는 일도 있는데, 무례하고 편파적인 말이긴 해도 창의적이고 유쾌하다는 점에서 통과시켜주겠다. 이상하게 유독 종로 근처에서 많이 겪는 일인데, 1970년대와 1980년대 한국 가요를 틀어주어 내가 좋아하는 LP 바의 한 주인은 외국인이라는 이유로 나를 들이지 않으려 한다.

말할 것 없이 순간적으로 불쾌하긴 하지만 유익한 경험이기도 하다. 상대적으로 운이 좋은 나 같은 사람이, 불리한 위치에 있는 이가 매일 겪는 일들을 조금이나마 체험할 수 있다는 점에서 그렇다. 내가 편견에 빠지지 않도록 마음을 다잡게 해준다.

생각해보면 나더러 미국으로 썩 꺼지라고 말하는 사람들은 나와 아무 관련 없는 다른 이유로 미혹되고 분노한 것일 뿐이리라. 한발 물러나 눈앞의 현실에서 나를 분리시킨 다음 이것이 나 아닌 누군가에게 일어나는 일이라 상상해보면 나는 그 사람에게 이 모욕에 너무 괘념치 말라고 말해줄 것이다. 나를 모욕한 사람은 내 인격과 능력에 대해 어떤 부정적인 점도 짚어주지 않았고 내 국적조차 알지 못한다. 그는 그렇게 불쾌하게 행동할 나름의 오도된 이유를 가진 불만에 찬 사람일 가능성이 크다.

아빠와 나

개인주의와 이기주의는 같은 것이 아니다. 개인으로서의 권리를 누리고 각자 나름대로 행복을 추구할 자유를 존중하며, 사회와 집단에서의 소속감 또한 누리고 상대의 사생활과 양심을 침해하지 않으면서도 세상을 구하는 슈퍼히어로처럼 이웃을 아낄 수 있기 때문이다.

하지만 슬프게도 영국을 비롯한 많은 서구 국가에서는 '함께'라는 인식이 사라져가고 있다. 늘 작동되지 않을 수는 있으나, 이상적인 시장우선 논리는 1980년대 이후 우리의 철학적 준거가 돼버렸다. 피차 빚진 것도 받을 것도 없고 쌍방이 자유의사를 통해 동의한다면(또는 동의할 때만) 경제 교환이 유효하다는 자세이므로, 이 또한 개인주의의 한 측면으로 볼 수 있지만 급진적인 변화임에 틀림없다. 이와 같이 확장된 개인주의는 공동체 의식과 타인에 대한 관심을 침식한다.

이제 서구에서는 대중음악조차 자기중심적이다. 학술지 「미학, 창의성, 예술 심리학 Psychology of Aesthetics, Creativity and the Arts」 은 1980년부터 2007년까지의 미국 차트를 휩쓴 인기곡을 조사한 결과 1인칭 대명사 'I'가 노랫말에 사용된 횟수가 시간이 지날수록 증가했음을 발견했다. 한 예로 제이지 Jay-Z의 노래만 들어봐도 자화자찬으로 스타가 되었나 싶을 정도다. 노랫말 주제로 보면 연대감과 공동체 등은 하향세를, 반대로 분노와 반사회적 태도 등은 상승세를 보였다. 우리 시대를 정확히 반영하고 있다.

이와 동시에 사람들은 섬뜩할 만큼 편향적인 극우와 극좌 이념을 포용하기 시작했다. 이런 이념이 적어도 지지자들에게는 소속감과 동시에 맞서 싸워야 할 적을 제공하기 때문이다. 안타깝게도 그런 식으로 집단 결속이 이루어진다. 사람들은 공동체의 귀환을 필사적으로 기다리지만 주류가 표방하는 것이 정서적으로 공허한 세계화와 자유시장일 뿐이라면 헛된 기대에 불과하다.

최근 들어 진보주의는 인종과 성별 등을 기준으로 한 소수자 권리 이슈에 치중해왔다. 충분히 그럴 만한 경향이지만 한편으로는 빈민층이 도외시되는 결과를 가져왔다. 영국에서는 진보적이고 교육수준이 높은 전문직 종사자들이 빈민층과 노동자 계층 문제를 의외로 쉽사리 일축하는 현상이 나타나고 있다. 동성애 혐오, 인종차별, 성차별 발언에는 경악하면서도 누가 못사는 동네 사람들을 '차브족Chavs', 또는 못배운 멍청이들이라고 부르면 함께 낄낄거릴 것이다. 가난한 사람을 게으르다고 보는 시선이 흔해지고 말았다.

한편 우리는 마을마다 정육점과 빵집과 꽃집이 각각 들어선 것보다는 고기와 빵과 꽃을 한 자리서 싼값에 파는 대형마트가 낫다고 이미 인정해버린 셈이다. 우리는 그런 대형마트에 가서 필요한 걸 사고 누구와도 말 한마디 나누지 않은 채 나온다. 예전 정육점, 빵집, 꽃집 주인은 이제 최저임금을 받고 그 마트 종업원으로 근무하거나(그마저 자동화로 얼마 못 갈 것이다) 은퇴자로 내몰려 힘들게 살아간다. 노동자의 권익을 보호하고 더불어 소속감도 제공하던 노동조합조차 이제 내리막길이다.

아버지는 세상이 그렇게 변해가는 추세에 늘 찬동하셨다. 어린 나에게 효율과 '게으른 복지 혜택 도둑'과 '시장이 제일 잘 안다'를 역설하셨고, 영국 수상 마거릿 대처의 "사회란 것은 없고, 있는 것은 개인과 가족뿐이다"라는 말이 아버지에겐 진리였다. 미감美感이며 공동체 따위보다는 효율이 우선인 시장지상주의, 승자만 살아남고 패자는 전멸되는 시장진화론 철학이었다. 그런데 흥미로운 것은 아무도 자신을 패자로 보지 않는다는 것이다. 가난한 사람들도 이 논리를 내면화해 자신보다 더 가난한 사람을 멸시한다.

열두 살 때까지 아버지는 나의 영웅이었다. 나는 아버지 말씀이면 무조건 동의했다. 아버지가 실직과 신경쇠약을 겪고 나서야 아버지도 일개 인간일 뿐이며 내게 들려준 말들에 묘하게 틀린 면이 있음을 발견하게 됐다. 아버지는 실업자가 되고 나서 한동안 실업수당은 물론이고 정부의 의료 혜택을 아주 많이 받았다. 이후 한곳에 오래 있지 못하고 갈수록 더 못한 조건으로 일자리를 옮겨다녔다. 게을러서도 나쁜 사람이어서도 아니었다. 언제나 열심히 일했지만 경력 관리나 인간관계에 능숙하지 못했고 그냥 운이 나쁘기도 했다. 어쩌면 자본주의 세계를 헤쳐나가는 것도 그 자체로 하나의 기술이라는 생각이 든다. 그걸 수월하게 해내는 사람도 있고 그러지 못하는 사람도 있다. 예를 들면 자기선전도 일을 잘하는 것과 별개로 한 가지 기술이다.

나라가 우리 가족을 도와주지 않았다면, 나의 대학교육이 시가市價로 결정됐다면, 내가 지금 이 책을 쓰고 있을 리 만무하다. 나는 또 행운의 수혜자다. 어머니의 조그만 무용학원이 집안살림을 지탱한 셈인데, 학원이 그렇게 잘된 이유가 있다. 돈이 많지 않았던 1990년대, 미국 컨트리웨스턴 음악 반주에 맞춰 추는 라인 댄스 열풍이 불었다. 우아함도 기술도 결핍된 유형의 춤이어서 어머니는 질색하셨지만, 그 인기 덕분에 몇 년간 학원 수입이 크게 늘었다. 그게 아니었다면 종종 고생했을 것이다.

운도, 기꺼이 지원해준 사회의 도움도 부정하는 게 요사이 경향 같다. "운이 좋았던 게 아니라 내가 내 운을 만들었다. 내가 한 거다. 다른 누구의 도움도 없이 내가 혼자 한 거다." 이런 식이다. 그 이면에는 '그러니 나는 당연히 성공을 누릴 만하다'라는 의미가 깔려 있다. 외부적 요인은 실패했을 때만 거론된다. 인간 개개인의 이양할 수 없는 절대적 권리와 양심을 수호하기보다는, 개인의 영광에 취하는 현상이 영국과 미국에서 점점 더 두드러진다.

나는 만인 덕분에 나다. 내 안의 가장 중요한 요소는 나지만 그 '나'를 내가 다닌 학교와, 내가 알고 지내왔으며 나를 독려해준 사람들과, 영국 사회 전반으로부터 떼어놓을 순 없다. 모른 체하지 않고 나에게 투자해준 국가도 빼놓을 수 없다. 서울에 온 후로는 한국 사회와 사람들이 나를 여러 면에

서 변화시켜놓았다. 이 환경과 사람들의 축복을 받은 것이
모두 다 내가 받은 행운이다. 내가 거둔 어떤 성공이든 그게
전적으로 나의 노력과 재능 덕이라 생각한다면 그건 허튼소
리다.

연기 따윈
필요 없는
진짜 친구

매일 똑같은 사람들하고 대학 시절을 보냈다. 열두 명쯤이었는데 우린 함께 점심을 먹고 함께 술을 마시고 함께 영화를 보러 다니고 햇살 좋은 오후에는 함께 서머빌 칼리지 안뜰 잔디밭에 누워 이야기를 나누고 노래를 불렀다. 당시 나는 매일 두 시간쯤 기타를 쳤고 공부하는 데는 아마도 시간을 덜 썼을 것이다(솔직히 게으른 학생이었다). 그 나머지 시간은 죄다 이들 전부, 또는 몇몇과 함께 보냈다.

옥스퍼드의 환경은 치열하며, 각 칼리지 내의 친목 그룹은 구성원들의 학술적, 정치적, 또는 예술적 취향에 따라 결성되었다. 늘 검은 옷을 입고 다니며 버지니아 울프를 숭배하는 문학 애호가들의 모임도 있었는데, 물결치는 머리 타래와 생각에 잠긴 모습을 하고 다니는 한 남학생을 우리는 '바이런풍Byronic 톰'이라 부르기도 했다. 그를 포함한 그 모임 남학생들은 한 여학생에게 빠져 있었다. 분명 모임의 대표로 보이던 그녀는 그 그룹에서 거의 여신이나 마찬가지였는데, 다른 사람들은 그녀가 왜 그렇게까지 인기가 많은지 이해할 수 없었다. 또한 담배를 입에 달고 다니고 사회의 주류라면 무엇이든 콧방귀를 뀌던 마르크스주의자들도 있었다. 물론 지금은 다들 고액 연봉을 받고 있다. 거기서 특히나 열성적이던 친구는 자본주의의 꽃으로 불리는 광고업계에서 일한다. 그런가 하면 타고난 거만함과 어려서부터 누려온 소비 스케일로 우리 같은 애들을 주눅 들게 만든 금수저들도 있었다. 지금 생각해보면 시트콤으로 만들어도 좋았을 시절이다.

편견일지 몰라도 난 우리 모임이야말로 가장 순수했던 것 같다. 견해도, 사회적 배경도, 전공도 모두 달랐지만 우애가 남달랐다. 2학년 때 사귄 여자친구는 우리의 친밀함을 두고 "너희는 서로에 대한 충성심이 대단해, 질투 날 지경이야"라고 말했다. 당연히 그 친구들이 늘 그립다.

저널리스트로 일한 경험은 가장 잘한 일 중 하나지만 그 시절엔 인간관계가 혼란스러웠다. 기자라면 아는 사람이 많아야 하고 이런저런 행사에 가서 사람을 가리지 않고 이야

친구란
책처럼 정선된
소수여야
한다.

C. J. 랑겐호번

기를 해야 하며 누구하고나 전화 통화를 해야 하므로, 피상적인 관계가 많아지는 게 어느 정도는 불가피하다(언론인들이 일반인에 비해 외로움과 우울증을 더 겪는지 조금 궁금해진다. 피상적 관계 외에도 하루 종일 비극과 추문, 논쟁 따위를 취재해야 한다는 문제도 있다. 즐거운 이야기를 쓰는 경우는 드문 편이다).

어쨌든 시간이 흐를수록 옛 친구들을 덜 보게 됐고 친구라기보다는 그냥 '아는 사람'이라고 할 사람들과의 만남, 회의 따위로 일정이 채워졌다. 처음에는 싫었지만 결국 그게 정상이 됐다. 사업을 시작했을 때도 마찬가지였다. 사회생활은 인맥 쌓기의 문제가 되어 X라는 사람을 만난 지 석 달 후쯤 문득 '아, 오늘 만난 Y를 X와 연결시켜준다면 도움이 될 것 같군. 그럼 둘 다 나중에 내 부탁을 들어줄지도 모르지' 하는 생각을 하기도 한다.

스타트업 업계 사람들은 효율과 '허슬^{hustle}'에 대한 강박이 몸에 배어 있는데 그게 참 냉혹하게 느껴질 때도 있다. 엘리베이터를 타자마자 단 1초라도 아끼자는 생각에 닫힘 버튼을 연거푸 눌러대는 어리석은 버릇도 그 세계에서 얻었으리라. 아무것도 안 하며 보내는 시간은 막대한 낭비 같아 친구와의 대화도 투자 이익을 따져 평가하는 것이 이 바닥 현실이다.

두어 해 전에 젊은 여성 창업주를 소개받아 만났다. 그녀는 착수중인 프로젝트에 관해 한참 이야기하다 기르는 개로 화제를 바꾸더니 사진까지 보여주었다. 그녀가 인간적으로 느껴져서 반가웠다. 다른 어떤 때보다 개 이야기를 할 때 가장 열정적이었는데, 갑자기 사과하면서 반려동물은 유익한 화제가 아니라고 했다. 실용적 목적이 없는 이야기로 내 시간을 낭비하고 있다고 생각한 것이다.

2018년 언제쯤인가, 잠에서 깨어 문득 내 사회생활이 얼마나 공허해졌는지 깨달았다. 서로 "너는 내게 뭘 해줄 수 있지?"를 묻는 실리 위주로, 그게 아니면 적어도 기호와 유용성이 절반씩 섞인 혼합형으로 인간관계가 축소된 것 같았다. 자주 보지 못하는 '진짜' 친구가 한둘 있었을 테고 피상적으로 아는 관계는 천 개쯤 될 것 같았다. 사람들이 내게 그러듯 나도 그들의 유용성을 평가하느라 분주한 나머지 진정한 우정을 놓치고 살았다.

다른 영역이라면 보통 시간이 흐를수록 기술이 숙달되지만 우정은 그렇지 않은 것 같다. 야망이 눈앞을 가로막고 대도시에서의 삶에 매몰돼버리기 전에는 나도 친구 노릇을 훨씬 잘했는데. 그 자리로 돌아가려면 노력을 기울여야 하리라.

• •

　서울에 살면서는 자주 만나기는 했지만 늘 다른 사람들과 같이 만났기에 일대일로 시간을 보낸 적은 한 번도 없는 사람이 몇 명 있다. 만나기로 약속을 잡으면 곧장 "무슨 무슨 사업을 하는 X랑, 무슨 무슨 일가의 딸인 Y랑 함께 갈게요"가 필연적으로 따라붙는다. X와 Y에게 그가 나를 뭐라고 소개할지 궁금해진다. 언제나 이러는 사람이 진짜 친구일까, 아니면 모두 인맥용일까?

　행사나 모임 횟수를 줄이려고, 만일 참석해야 한다면 일찍 빠져나오려고 노력하는 중이다. 이런 자리에서 사람들을 새로 만나는 일에는 긴장과 피로를 안겨주는 '연기' 측면이 뒤따른다. 그 앞에서 나는 가장 쾌활하고 흥미로운 자아를 제시해야 하고, 그걸 못하면 따분하거나 괴상한 사람으로 모두에게 찍힌다. 반대로, 그들을 웃겨주면 좋은 연줄을 얻는다. 그런 면에서 시험을 치는 느낌이다. 실패할 때도 있다. 나는 타고나길 사람들 앞에서 어색해하고 울렁증이 좀 있어서 종종 무뚝뚝하다는 오해를 받기도 한다. 어느 모임에서 만났던 한 블로거는 나를 시크하다고 표현했는데, 나는 그가 내게 좀 불편한 말을 해서 이후엔 그냥 잠자코 조용히 있었던 기억밖에 없다. 나중에 그는 다른 이유로 나를 공개적으로 비난하기도 했다. 첫 만남에서 그가 나를 시크하다고 느끼지 않았다면 아마 그러지 않았을지도 모른다.

모임에서 모르는 사람들에게 처음 소개될 때면 나는 하나의 캐릭터를, 나의 캐리커처를 보여주는 기분이 든다. 내가 한국에서 18번으로 사용하는 캐리커처는 한국 맥주를 트집 잡는 외국인이다. 무슨 카스나 하이트의 사장이 나온 모임이라면 몰라도 그렇지 않고서야 아무도 불쾌하지 않을 것이고, 설사 초면이어도 다들 어디선가 들어봤을 재미있는 이야기여서다. 하지만 다른 이야기를 하고 싶을 때도 있고, 왁자지껄하지 않은 자리에서 한 사람과만 차분히 이야기 나누고 싶은 마음이 들기도 한다. 그럴 때 진정으로 나 자신을 드러내고 유대를 맺을 수 있기 때문이다.

이제 나에게 가장 이상적인 저녁은 어느 한 사람하고 동네 치맥집에 가서 몇 시간이고 이야기를 나누는 것 정도다. 이전까지의 사회생활에 대한 반작용인 것 같다. 그거야말로 요즘 새로 뜬다는 어디어디가 아닌 평범한 장소에서 단둘이 시간을 보내고 싶다는 우정의 표현이라고 본다. 그럼으로써 '나는 오직 당신 때문에 여기 있는 거야' 하는 마음을 전달하고 싶은 것이다.

아현동 이모네

나는 서울의 다른 외국인 특파원들과 너무 가까워지지 않으려고 노력한다. 좋아하는 식당이나 카페도 마찬가지다. 어느한곳에 너무 애착을 갖지 않는 것이 현명하다. 생각보다 일찍 사라질 것이기 때문이다.

마지막으로 좋아했던 식당은 닭볶음탕, 모둠전 같은 걸 파는 아현동 뒷골목의 평범한 집이었다. 허름한 나무 탁자 네개가 놓여 있는 곳이었다. 천장이 너무 낮아 허리를 굽힌 채들어가야 하고 화장실은 바깥에 있었는데 호스와 양동이가세면대를 대신하는 등 그야말로 70년대 영화 세트를 방불케했다. 그리고 딱 정다운 이모 같은 분이 주인으로 계셨다.

그곳에 가면 항상 옆자리 사람들과 이야기를 나누게 됐고 이모하고는 말할 것도 없었다. 우리는 소주와 맥주를 섞어 마셨으며 나이나 배경 따위 골치 아픈 문제들은 상관하지 않고 친해졌다. 단골 중에 일흔이 넘었다지만 쉰도 안 돼 보이는데다 손자뻘 젊은이들보다 더 빨리 북한산에 오르고 술도 더 빨리 마시는 북한 태생의 만화 작가가 한 분 있었다. 우리는 식당 코르크 벽에 그라피티를 그리기도 한 그와 아직도 가끔 만나 함께 술잔을 기울인다.

이모네는 그러나 이제 없다. 재개발 때문이다. 언젠가 이모에게 다른 지역에 문을 열 생각이 없는지 묻고 싶었지만 연세를 생각하면 그러지 않는 편이 나을 것 같았다. 서울 또는 다른 대도시에 식당을 새로 열면 어떻게 될까? 십중팔구 둘 중 하나다. 잘되면 건물주가 임대료를 올릴 테고 이삼 년이 지나면 손님들이 어쨌든 싫증을 낸다. 잘 안 되면 그냥 문을 닫고 손실로 정리한다.

지금 이 순간 아현동은 대대적인 변화를 겪는 중이다. 오래된 동네들이 철거된 그 자리에 옛 주민들은 엄두도 못 낼 고가의 아파트들이 빠른 속도로 들어섰고 이는 여전히 진행 중이다.

몇 년 전 그런 식으로 철거돼 폐기된 동네를 친구와 함께 돌아본 적이 있다. 빈집마다 문이 열려 있어 조심스레 들어

모든
딱딱한 것은
녹아
대기 속으로
사라진다.

카를 마르크스

가보니, 낡은 텔레비전과 아이들 장난감과 당시 거기 살던 사람에게는 중요했을 각종 일정이 표시된 달력이, 유령도시 노동자의 생활을 증언하는 유물들이, 이제 인간은 사라진 자리에서 인간의 삶을 낱낱이 보여주며 먼지를 뒤집어쓴 채 부패해가고 있었다.

마지막 집에서 우리는 깜짝 놀랐다. 휑하게 열린 창문 너머로 안락의자에 앉아 우리를 바라보는 할머니가 눈에 들어왔기 때문이다. 우릴 보고 겁에 질려 하시는 것 같아 얼른 사과했다. 전기가 끊긴 지 오래인데, 할머니는 칠흑 같은 어둠 속에서 살고 있었다. 그 동네에서 얼마나 오래 사셨는지, 이제는 어디 사실지 궁금해진다. 떠나고 싶지 않았거나 떠날 형편이 못 됐던 걸 텐데, 어쨌든 할머니의 옛집은 자취를 감추고 휑뎅그렁한 구덩이만 남았다. 할머니와 이웃이 뿔뿔이 흩어지면서 하나의 공동체가 간곳없이 사라졌다.

사태가 진정되고 나면 옛 주민들이 다들 떠나고 없을 아현동에는 반짝반짝한 신축 아파트 단지와 최신 프랜차이즈 음식점과 카페가 들어설 것이다. 옆집 사람 얼굴도 모른 채 아파트에 살면서, 분명 이모네보다 훨씬 깨끗하긴 하겠지만 공동체의식이란 티끌만치도 없는 곳에 가 밥을 먹고 술을 마실 것이다. 음식을 갖다주는 이도 주인이 아닌 임시 아르바이트

생으로. 어서 처먹고 계산하고 꺼져주기만 바랄 뿐 옆에 앉아 맥주잔을 함께 기울이지도 이따금 서비스 안주를 챙겨주지도 않을 것이다. 이방인인 내가 한국을 사랑하게 된 이유 중 하나인 정은 이제 시골에 가지 않으면 접하기 힘든 문화유산으로 죽어가고 있다.

공동체란 본질적으로 좀 지저분하고 번거로운 법이다. 생활환경을 통제할 자본이 있을 때 우리가 먼저 하는 일은 타인들로부터 자신을 격리시키는 것이다. 그들이 우리의 소중한 생활공간에 접근하고 값비싼 자동차를 만지고 귀찮게 말 걸기를 원치 않는 것이다. 하지만 그 대가는 유대의 상실이다. 아현동 옛 주민들에겐 선택의 여지조차 주어지지 않았지만.

숫자만큼
행복해지셨습니까

오늘날 한국이 직면한 가장 큰 문제는 무엇일까? 많은 사람이 저출산 및 고령화로 인한 인구 감소와 경제성장 둔화를들 것이다.

나도 그랬다. 전업 저널리스트로 일하던 2012년, 외국인독자를 위한 한국 입문서 격으로 낸 첫번째 책에서 나는 한국이 인구 위기 문턱에 다다랐으며 그 결과 일본처럼 다년간경기침체를 겪을 거라고 썼다. 이를 막으려면 무슨 수를 써서라도 출산율을 높이고 여성의 경제 참여율을 끌어올리는한편 이민을 늘려야 한다고도 했다. 기본적으로 경제성장을보호하기 위해 더 많은 노동자가 필요하다는 주장이었다.

그런데 지금 돌이켜보면 다른 생각이 든다. 우리가 성장에 과도하게 집착하는 것 아닐까? 이는 단순한 통계수치로 국력을 평가하는, 어느 나라에나 존재하는 맹목적 애국주의와 맥을 같이한다고 본다. 내가 이전에 몸담았던 『이코노미스트』를 포함한 전형적인 매체들, 싱크탱크 이론가들, 그리고 경제 해설가들의 눈에 인구 감소나 국내총생산 증가 속도가 하락하는 나라는 분명 낙오하는 나라로 보인다. 숫자로만 본다면 한국은 3050클럽(인구가 5천만 이상이면서 1인당 국민소득이 3만 달러를 넘어선 국가) 어디쯤에 있지만, 사람들이 정말로 성취감을 느끼며 괜찮은 삶을 살고 있는지와 같은 질적인 면은 도외시된다. 개별 국가를 1등이 되기 위해 서로 겨루는 획일적 경쟁자들로 보는 세계관 때문이다. 1등 국가라는 미명이 어떤 희생을 요하는지, 아니 그게 그럴 가치가 있기나 한 목표인지는 안중에도 없다. 몹시 마초적인 자세다.

숫자로 보여주면 그 구체성으로 인해 그게 마치 아주 중요한 것이기라도 한 듯한 착각을 일으킨다. 국민이 낸 세금을 예술 프로젝트에 쓰는 일이나, 일하는 아빠들이 자녀와 함께 보내는 시간의 가치를 무시하기가 훨씬 쉽다. 그런 일의 혜택은 명확하게 보여줄 수 없지만 국내총생산 저하라는 비용은 예측할 수 있지 않은가. 2019년 골드만삭스는 주 52시간 근무 단축으로 한국의 경제성장률이 0.3퍼센트포인트 하락

할 수 있다는 보고서를 냈고, 언론은 앞다퉈 이를 인용하며 단축 근무제 도입을 비판했다. 그런데 과연 근무시간 단축과 경제성장률 하락 가운데 어느 쪽이 우리 삶에 더 큰 영향을 미칠까? 무엇의 몇 퍼센트라는 수치를 측정할 수는 있지만 과연 우리 인생에서 그걸 피부로 체감할 수도 있을까? 미국 경제가 프랑스 경제보다 '성과'는 높지만, 우리는 두 나라 중 어느 나라의 노동자가 되고 싶을까?

우리는 이런 논리에 너무 오래 사로잡혀 살았다. 성장은 삶의 여러 측면을 고려해 추구할 만한 한 가지 정도가 아닌, 경쟁자들은 그 밑에서 2등이라도 놓고 싸워야 옳은 주된 목표가 되어버렸다. 어쩌면 그 때문에 공기가 이렇게 나쁘고 바다는 플라스틱으로 질식할 지경이며 북극이 녹아내리고 있는 건지도 모른다. 우리는 자연이 준 자원을 갖고 더욱더 많이 생산하는 데 매진할 뿐, 애당초 그게 다 필요하기나 한 건지는 묻지도 않는다.

지난 수십 년에 걸쳐 우리는 기회와, 성장의 결실이 어떻게 분배되는가를 또한 간과해왔다. GDP가 증가하는 한 불평등이 조금 더 심화되는 것쯤은 괜찮다는 믿음은 지위로 인한 불안과 나르시시즘, 심지어 조현병 같은 심리적 문제들을 일으키고 있으며, 이런 일은 소득 불평등이 심한 사회에 더

만연해 있다. 오늘날 젊은 한국인들이 과거보다 훨씬 높은 절대적 생활수준을 누리는 건 분명하지만 그렇다고 그들이 부모 세대가 그들 나이였을 때보다 더 행복해졌다고 확언할 수 있을까? 내 생각은 회의적이다. 가난하더라도 재산과 기회 측면에서 다른 사람들과 대략 비슷하다면 굴욕감을 느끼지 않는다. 그런데 일부가 나보다 훨씬 부유할 뿐 아니라 노력도 없이 나로서는 꿈도 못 꿀 기회를 누린다면, 최신형 스마트폰이 있고 5천 원짜리 커피를 마셔본들 소용이 없다. 속상할 수밖에.

• •

서울은 선진국 대도시 중에서도 인구밀도가 두번째로 높은 도시다. 버스에서 빈자리를 찾을 때나 광화문 또는 강남에서 점심을 먹으러 식당에 들어갈 때마다 실감하곤 한다. 인근 산에 등산을 가도 줄 서서 오르는 기분이다. 그뿐만 아니라 교육이 됐건 취업 기회가 됐건 가치 있는 것에는 극한 경쟁이 따라온다.

이렇게 삶은 답답하고 경쟁적이며 스트레스의 연속인데, 한편으로 그 스트레스를 후대에 이어주는 대가 또한 치명

적이다. 결혼과 주택 장만, 자녀 교육에 드는 비용은 굳이
댈 것도 없다. 이런 환경에서 완만한 인구감소가 정말 그렇
게 나쁜 거냐고 묻는다면 잘못된 일일까? GDP처럼 인구도
계속 상승해야 한다는 확신이 팽배한 이유는 뭘까? 일본은
2011년부터 인구가 계속 감소하고 있지만 일본 국민은 여전
히 풍족하고 건강하고 교육수준도 높다.

　이런 현실에서 지금 아이를 갖고 싶어하는 게 과연 합리적
인 일일지 확신하기가 어렵다. 어느 한 사람이 만인이 반대
하는 일을 한다면 그 사람 혼자 뭔가 잘못된 길을 가는 거라
고 쉽게 말할 수 있을지 모른다. 하지만 수백만이 같은 선택
을 한다면 개인보다는 시스템 전체에 더 큰 문제가 있는 것
아닐까? 이탈리아 보코니대학 연구진에 따르면 부강한 나라
의 경우 행복한 사람이 아이를 가질 확률이 높고, 일과 생활
의 균형을 적절하게 유지한 사람일수록 둘째를 가질 확률이
높다.● 따라서 국가 경제력 신장을 위해 출산의 역군이 되
라고 등을 떠밀 게 아니라 이미 태어난 사람들이 더 행복하
게, 스트레스 덜 받으며 살 수 있도록 해줘야 하는 것 아닐
까. 그러면 '문제'가(그게 정말 문제이기나 하다면) 저절로 해

●　이코노미스트, "어쨌든 아이들은 부모를 행복하게 한다Children make parents happy,
after all", 2019. 7. 10. https://www.economist.com/news/2019/07/10/small-mercies.

결될지 모른다.

하지만 시야를 넓혀보면 세계 인구가 현재 77억이다. 내가 정말로 이 숫자의 증가에 일조할 필요가 있을까? 나 자신에게 자주 묻는 말이다. 자녀가 있어야만 사람이 완전해진다는 생각은 우리 내면에 각인되어 있으되, 이는 사회와 부모가 주입시켜준 것이기도 하다. 그래도 인구는 너무 많고 우리는 저마다 힘을 합쳐 환경을 파괴하고 있다. 부모와 유전자에 대해 지고 있는 이 의무를 수행하는 것이 사회적 관점에서 부도덕하거나 적어도 곤란한 선택이 되는 것은 어느 지점쯤부터일까? 언젠가 아빠가 되는 미래를 배제하는 건 아니지만 그걸 필연으로 보지도 않는다.

피차 불편한데
말 섞지 맙시다

나는 늘 조금 어색한 편이었다. 입으로 하는 말은 모국어든 아니든 하고 싶은 말을 전하는 데 불충분한 것 같고, 설사 제대로 표현한다고 해도 발상 자체가 다른 사람들에게는 외계인의 생각처럼 괴상하게 받아들여질 것 같다. 모르는 사람들과 있으면 물론 더욱 힘들다. 낯선 사람과 대화가 잘 통하면 새로운 유대의 기쁨을 느끼기도 하지만 그런 만남을 사전에 차단하는 게 보통이다.

낯선 사람을 피하기가 한결 쉬워진 세상이다. 전에는 가게에 가거나 택시를 타거나 식당에서 밥을 먹을 때 사회적 행동이 얼마큼 강요되었지만, 이제는 별로 그렇지 않다. 그러나 유해한 추세라는 생각을 떨칠 수가 없다. 비록 사회적 결함이 있다지만 그래도 나는 사교적으로 살아가게끔 설계된 존재이고 더 사교적이 되려고 노력할수록 사교적 결함은 개선될 것이다.

일전에 비교적 비싼 편인 프랜차이즈 카페에 갔다가 버튼 몇 개 누르고 신용카드를 집어넣으면 주문이 완료되는 신형 자동주문기계가 반짝거리며 진열되어 있는 걸 보고 놀랐다. 직장 근처에 있는 식당과 카페가 점점 더 이렇게 바뀌고 있는데, 이유는 간단하다. 인건비를 줄여주고 주문 처리 속도는 높여주기 때문이다. 효율에 집착하는 세상이므로 앞으로 10년 후에는 기계가 대행할 수 있는 판매 업무를 사람이 하는 광경을 보기 힘들어질 것 같다. 스마트한 UI와 UX를 갖춘 셀프서비스 기계는 소비자들의 추가 구매를 유도해 매출 증대를 가져올 수도 있다(한 영국 신문사가 맥도날드 여덟 개 지점에 기자들을 보내 조사한 결과 "모든 지점의 터치스크린에서 장 및 분변 박테리아가 발견되었다"는 소식을 들으면 사고 싶은 생각이 뚝 떨어지겠지만).

여기에는 심리적 측면도 있다. 발음하기 어렵거나 열량이 높은 식품은 함부로 재단裁斷당할 걱정을 하지 않아도 되는 기계를 통해 살 확률이 높다고 한다. 미국의 한 조사 결과에 따르면 응답자의 절반이 이런 기계의 확대를 원했으며 더욱 흥미로운 건 밀레니얼 세대 20퍼센트는 "주문 받는 직원과 대화하기가 그냥 싫다"고 대답했다.[•] 타인 회피의 새로운 전선에는 배달 앱이 있다. 미국의 '배민'이라 할 그럽허브 GrubHub는 한때 이런 슬로건을 내걸었다. "먹는 일의 즐거움, 이제 사람들과 말 섞을 필요 없이 누리자!"

사실이지 않은가? 이제 연령대가 낮을수록 얼굴을 보고 이야기하는 일을 줄이려는 경향이 높다. 어쭙잖게 대화를 시도하려 들고 마음속으로 평가하고 웃기지도 않은데 웃어줘야 할 농담을 걸지 모르는 다른 인간을 귀찮게 상대하기보다는, 접점이 적은 로터치low touch의 전자적 소통을 선호한다. 셀프서비스 기계들이 그렇듯 배달 앱이나 온라인 식품 쇼핑 또한 고도로 효율적이면서 모르는 사람들을 상대해야 하는 어색함을 모면하게 해준다. 스마트폰 덕분에 헤드폰을 끼고 음악을 듣거나 유튜브 비디오를 보며 즐거운 시간을 보낼 수 있지만 동시에 그런 행동 자체가 버스 옆자리에 앉은 사람에게 당신하고 상대하고 싶지 않다는 신호를 보내는 셈이기도 하다. 온라인 프리랜서 일자리가 늘어나면서 이젠 아무하고

● 톰 라이언Tom Ryan, "밀레니얼은 셀프서비스 공화국을 건설중인가Are Millennials building a self-service nation", 2015. 5. 4. https://www.retailwire.com/discussion/are-millennials-building-a-self-service-nation/.

도 이야기하지 않고 밥벌이까지 할 수 있다.

이런 변화의 결과로 우리의 사교기술은 퇴화하고 더 광범위한 공동체와 접촉할 기회도 줄어든다. 전반적 소통 대부분을 이제 기계장치와 문자에 의존하는 상태다. 할말을 미리 생각하고 고칠 수 있으니 어색함이 덜하고 편리하지만 소통의 풍요성이 희생된다는 문제가 있다. 뭔가 오해가 있었음을 알리는 야릇한 표정, 진심이 아닌 농담임을 전하는 좀 과장된 어조, 나한테 반했음을 말해주는 수줍은 미소와 홍조 띤 뺨 같은 미묘한 단서들을 우리 후손이 제대로 포착할 수 있을지 모르겠다.

이미 우리에게 관심이 있는 게 확실한 상대와 접속할 수 있게 해주는 데이트 앱 덕분에 거절의 아픔과 접근의 어색함을 피할 수 있다. 지난 10년 사이 런던 나이트클럽의 반이 문을 닫으며 영국 전역에 나이트클럽 '위기'가 닥친 원인 일부가 여기 있다. 서구 국가 젊은이들이 나가서 파티를 즐기기보다는 소셜 미디어와 게임처럼 대면 접촉이 덜 요구되는 일들에 경도되어 있는 것도 사실이다. 전 세대보다 가난하다는 슬픈 사실도 빼놓을 수 없는 요소다. 히키코모리 정도는 아니지만 오늘날 영국 20대 초반의 평균적 생활방식을 그들 부모 세대의 그 나이 때와 비교해보면 갑자기 엄마 아빠가

멋져 보일 것이다.

이제 우리는 택시 기사와 이야기하기도 싫어한다. 모빌리티 또는 이른바 '라이드 셰어(쉽게 까놓고 말하면 택시)' 업체들도 이 사실을 안다. 예를 들어 '타다' 기사들은 기존 택시 기사들보다 말수가 적다고 느꼈을 텐데 여기엔 다 이유가 있다. 미국의 우버는 고급형 우버 블랙 서비스에 '조용한 승차' 옵션을 도입해 말하지 않는 기사를 특별히 요청할 수 있도록 했다. 기사가 말을 걸지 않으면 나는 속으로 다행이라 여기며 안심하곤 하는데, 신기한 것은 택시 기사와 긴 대화를 하고 나면 기분이 훨씬 좋아진다는 사실이다(한편, 여성 독자들의 생각은 다를지도 모른다. 내가 직접 경험한 건 아니지만 여성 친구들에게서 무서운 경험담을 꽤 들었다).

로스앤젤레스에서 보낸 주말이 떠오른다. 공항에서 탄 택시 기사는 나이들어가는 로커로, 건즈 앤 로지스를 들먹이며 1980년대 로스앤젤레스 음악계 비화를 들려주었고 공항으로 돌아가는 길에 탄 택시 기사는 인도 국가대표로 올림픽 수영 경기에 출전한 애기랑 항공기 조종사로 일한 경험까지 들려주었다. 조용한 승차를 택했다면 모두 놓쳤을 경험이다.

모르는 사람과 나눈 좋은 대화는 마음을 훈훈하게 해준다는 걸 우리는 알고 있다. 못 믿는 사람도 있겠지만 그걸 증명해주는 연구가 있다. 의인주의를 다룰 때 언급했던 니컬러스 에플리의 연구 결과를 보면, 낯선 사람과 이야기하는 것보다 아무와도 이야기하지 않고 가는 길이 더 쾌적할 거라 생각한 통근자들이 실제 경험을 통해서는 그 반대임을 깨달았다. 하지만 사람들은 다음에 또 그럴 기회가 오면, 다시금 타인과 말을 섞는 게 즐겁지 않은 경험일 거라 예단한다고 밝혔다. 그런가 하면 낯선 상대가 우리와의 대화를 별로 즐기지 않았으리라 생각하는 경향을 '선호 격차'라는 용어로 설명한 연구들도 있다.

모르는 사람과 나누는 대화는 자기중심적 관심사와 불평에서 우리를 잠시 떨어뜨려놓는다. 다른 사람과 나눈 대화를 통해 편견에서 벗어나 새로운 것을 배울 수도 있다. 이런 점을 잘 알면서도, 그저 누군가와 연결되고 싶어하는 버스 옆자리 사람과 이야기할 기회를 피해갈 때가 많다.

하지만 나는 '낯선 사람과 대화하기'를 새해 결심으로 삼아 사람들에게 좀더 친절하게 다가가보려 노력할 생각이다. 물론 종로나 광화문 일대의 화가 났거나 술에 취한 남자들(교보문고 화장실 소변기 앞에 서 있는 나의 어깨를 툭 치며 "웨어 아 유 프롬?" 하고 물었던 그 남자는 당연히 포함된다), 지나치게

자주 마주치는 미심쩍은 종교 전도자들은 예외로 삼겠지만

전반적으로 더 노력할 것이다!

소속 없는
사람

두어 해 전, 어느 시사지 편집자와 막걸리를 곁들여 긴 점심을 먹은 적이 있다. 정치와 일 관련 이야기로 시작됐던 대화는 아마도 술 때문이겠지만 개인적인 쪽으로 급선회했다. 영국에 산 경험이 있던 그는 그곳을 몹시 그리워했고, 나는 연애 고민을 토로하고 있었다.

내가 그 이야기를 꺼내자 그는 단박에 만일 내가 한국에서 결혼하고 정착하기를 바란다면 힘들 거라고 했다. 왜냐고 물었더니 이렇게 되물었다.

"글쎄요…… 당신이 '무엇'일 것 같아요?"

"네? 저는 저죠, 다니엘이잖아요."

"그야 다니엘 맞죠, 그런데 당신 정체가 뭐냐 이 말입니다. 작가고, 무슨 맥주 사업을 해요. 이것도 하고 저것도 하는 거죠. 태어난 나라는 저긴데 살고 싶은 나라는 여기고. 당신이 뭔지 말하기가 어려워요."

정확하지 않을지도 모르지만 내 기억에는 그랬다. 그가 하고 싶던 말은 내가 범주화할 수 없는 인간이라는 것이었던 듯하다. 나는 어떤 회사나 직종에 속해 있지 않았다. 특정 집단이나 무리의 일부도 아니었다. 그때까지만 해도 나는 그게 자랑스러웠다. 자유롭게 살면서 서로 다른 다양한 분야에 손을 대고 있었다. 독립적인 인간이니 당연히 좋은 것이어야 옳았다. 이 같은 삶을 수상쩍게 보거나 삶에 대한 애매하고 변덕스러운 태도로 여길 사람도 있다는 생각을 그전에는 전혀 못했다.

사실 우리 인간은 서로에게 딱지 붙이기를 즐긴다. 직업이나 출신지 같은 것들로 서로 규정짓기를 좋아한다. 영어 문화권에는 직업에서 유래한 성씨가 많다. 성이 카펜터Carpenter면 목수 조상이 있었기 때문이다. 본향에서 유래한 성씨도 많다. 성이 애슈턴Ashton이면 애슈턴이란 고장 출신 조상이 있었기 때문이다. 내가 중세에 태어났다면 내 이름은 '이것도 아니고 저것도 아닌Nothing-in-particular 다니엘' 정도였을지도 모른다.

인간은
어느 부족에라도
반드시
소속되어야 한다.

에드워드 윌슨

진정한 자신을
구현하는
것이야말로
가장 위대한 삶의
성취다.

카를 융

나는 어느 무리로 규정지어지기를 좋아하지 않는다. 하지만 딱지가 존재하는 이유가 있다. 꽤 오래 알아온 사이라도 두 사람이 서로를 진정으로 이해하기는 어려운 법인데, 하물며 처음 만났다면 어떻겠는가? 그래서 대신 딱지나 스테레오 타입에 의존하는 것이다. 그런 것들로 서로를 가늠하면 상대가 맘에 드는지 안 드는지 판단하는 데 도움이 된다. 다소 부당하고 환원적일 수도 있지만 어쩔 도리가 없다. 그래야 효율적일뿐더러 누군가가 우리 편인지 아닌지 묻는 인간의 원초적인 질문에 간단히 답할 수 있기 때문이다.

잡지 편집자와 그런 대화를 주고받은 후 나 자신에 대해 조금 더 생각해보니, 나는 소속 없는 인간에 굉장히 가까웠다. 대체로 프리랜서로, 그것도 몹시 상이한 업종에서 일해왔고 종교도 없는데다 무슨 클럽이나 협회의 멤버도 아니다. 십대 땐 맨체스터 유나이티드 팬이었지만 이제 맨유는 마이크로소프트나 삼성 같은 기업체와 다를 게 없어진 터라 더이상 그렇지도 않다. 정치적 의견이야 갖고 있지만 전적으로 동참할 만큼 맘에 드는 정치 집단은 없다. 고향에 가면 그동안 악센트가 너무 달라져 외지인으로 간주되고 한국에서는 한눈에 봐도 통상 한국 사회에 속하는 사람이 아니다. 사람들이 "아들 직업이 뭐예요?" 하고 물으면 어머니는 "그냥…… 여러 가지요"라는 식으로 대답한다. 모르긴 해도 "회계사예요" 뭐 이렇게 속시원히 대답할 수 있었으면 하고 바라실 거다.

내가 사는 방식은 아주 최근에 이르러서야 가능해졌다. 나의 부모님은 설령 원했다 해도 이렇게 살 수 없으셨을 거다. 제약과 책임이 최소화되어 있으니 좋은 면도 많지만 연고 없는 신세가 소외감을 주기도 한다. 나로서는 타인들과 진정한 유대감이나 소속감을 느낄 기회가 드물고 다른 사람들 입장에선 나의 집단 연고가 몹시 빈약하기 때문에 어떤 틀에 맞추어 대략적인 판단을 내리기가 힘들다. 적어도 그 편집자는 내게서 어떤 소속감의 신호도 찾아낼 수 없었던 것이다.

우리 본성의
이타주의

부끄럽지만 나는 지금껏 자선활동에 별로 참여하지 않았다. 광화문역과 서울역 앞을 지날 때마다 노숙자들 앞에 얼마 안 되는 돈을 놓아두기는 한다. 그러고 나면 항상 가벼운 '기분 상승'을 경험한다. 가난한 노인에게 건네준 천 원은 청량음료나 초콜릿 사먹는 데 쓴 천 원보다 훨씬 즐거운 기분을 안겨준다. 모르는 사람을 도왔을 때, 예컨대 지하철 계단을 올라가는 몸이 불편하신 할머니의 가방을 들어드린다거나 했을 때 찾아오는 정서적 보상도 마찬가지다.

누구나 알고 있는 이 평범한 경험은 "받는 사람만 혜택을 얻고 주는 사람은 쓰기만 하는 이타적 행동이란 것이 정말로 존재할 수 있는가" 묻는 해묵은 철학 논쟁과도 연관이 있다.

걸인에게 잔돈을 주는 행위는 선한 것인가, 아니면 내 기분이 좋아진다는 사실로 볼 때 결국 이기적인 행위인가?

영국에서는 끊임없이 자선행사를 열고 대의명분을 앞세운 캠페인을 펼치는 사람을 경멸적으로 '사회개량가^{do-gooder}'라 일컫는다. 사회개량가는 주로 좌파 계통의 유명인이 많다. 스팅 같은 사람이 기부를 하거나 열대우림 보존 캠페인에 나서고, 영화 〈보헤미안 랩소디〉에도 나온 라이브 에이드^{Live Aid}의 기획자 밥 겔도프가 아프리카 기아 구제 캠페인을 벌이면 술집에 모여 앉은 사람 중 상당수가 "전형적인 사회개량가 유명인이구먼" 하고 투덜거린다.

열대우림을 살리는 데 앞장서기보다는 자동차나 대형 화면 텔레비전 같은 부르주아 상품에나 돈을 쓰는 자신이 하찮고 좀스럽게 느껴지기 때문에 우리는 그들이 짜증난다. 그래서 그들을 사회개량가라는 말로 부르며 그들의 궁극적인 동기는 기분이 좋아지고 싶어서라거나(아니면 돈 많은 유명인으로서 죄책감을 덜 느끼려고), 그저 우호적인 여론을 즐기고 싶은 이기적 욕망 때문이라고 암시하는 것이다.

사회개량가로서 얻는 심리적 보상을 고려했을 때 나도 엄밀한 의미에서 진정한 이타주의는 없다고 생각한다. 자선행위를 하면 친절을 베푸는 사람이 옥시토신이 분비됐을 때와 비슷한 황홀감을 경험한다는 사실이 과학적으로 입증됐다. 이 현상을 가리켜 '헬퍼스 하이[helper's high]'라고 한다. 내 경우에는 다른 사람들과 연결돼 있다는 긍정적 감각 같은 것을 느낀다. 우리가 완전히 개인으로 존재하는 것만은 아니고 더 커다란 무엇의 일부라는, 이를테면 '위 아 더 월드[We are the world]' 같은 느낌 말이다. 우리가 확실한 물질적 보상이 없는 친절을 베푸는 이유가 바로 이것이리라.

많이 알려지지 않았지만 더욱 멋진 사실은 평소에 베풀며 살수록 스트레스와 불안감이 감소하고 행복감은 증가하며, 혈압은 낮아지고 예상 수명이 늘어나는 등 건강 면에서 수많은 장기적 혜택을 누리게 된다는 점이다.• 외로움이 건강에 미치는 부정적 영향에 대응하는 훌륭한 해독제들을 열거해 놓은 느낌이다.

내가 하고 싶었던 말이 바로 이거다. 이타주의가 정말 존재하느냐 아니냐 묻기보다는, 가장 노골적 차원의 다윈주의에 대입해보면 불합리해 보이는 자선행위 욕구가 애당초 왜 존재하는지 생각해보자는 거다. 외로움이 무리로 돌아가라는 신호로 이해될 수 있듯이 헬퍼스 하이는 사람들이 집단

• 〈친절의 과학〉, "조건 없이 베푸는 친절", https://www.randomactsofkindness.org/the-science-of-kindness.

안에서 더 번영하게 해주는 친사회적 행동 쪽으로 우리를 이끈다. 인류 역사를 통틀어 개별 인간은 사자나 호랑이 앞에서 무력했지만 뭉치면 천하무적이었다. 그러므로 이 같은 친사회적 특성이 개발된 것은 당연하다.

다시 말하지만 인간은 혼자가 아니라 사회적 동물로 만들어졌으며 우리의 뇌와 몸은 베풂을 생활화할 때 큰 혜택을 입는다. 이것이 달라이 라마가 '이기적 이타주의'라 부르는 보상이다. 진정한 이타주의가 철학적으로 가능하냐 아니냐보다 중요한 질문은 이타적 욕구를 따르느냐 아니냐다.

• •

흄이나 루소 같은 철학자들은 인간 본성이 이기적이지 않다고 믿었던 반면, 홉스는 인간은 저마다 자기 자신만을 위해 싸우는 자연상태^{state of nature}에서 살고 있다고 주장했다. 인류가 기본적으로 선한가 아닌가를 놓고 여러 세기에 걸쳐 철학 논쟁이 지속되었으나 이제 우리 모두는 이타심과 이기심이 복잡하게 뒤섞인 존재이며 상황에 따라 둘 중 어느 하나가 우세해질 뿐임을 인정해야 한다. 바로 이것이 윤리적 딜레마의 원인으로, 누구나 살다보면 이기적인 일과 옳은 일

사이에서 선택해야 할 때가 온다. 우리가 전적으로 정이 많거나 전적으로 이기적이라면 이런 딜레마는 존재하지도 않을 것이다.

무척 이타적이고 사욕 없는 사람을 스펙트럼의 한쪽 끝에, 그리고 윤리적 딜레마에 빠지는 일조차 없는 사이코패스를 반대편 끝에 놓는 논의가 새로이 등장하고 있다. 제임스 W. H. 손[James W. H. Sonne] 교수와 돈 M. 개시[Don M. Gash] 교수는 2018년에 펴낸 「사이코패스에서 이타주의까지—이기심-이타심 스펙트럼의 신경생물학[Psychopathy to Altruism: Neurobiology of the Selfish-Selfless Spectrum]」에서 사이코패스 기질과 극단적인 이타심 사이의 종형곡선 위에서 대다수 인간은 중간쯤에 위치하지만 그 정확한 위치는 변화 가능하다는 주장을 편다.[●] 스펙트럼에서 우리의 위치는 유전자뿐 아니라 양육 방식에 의해서도 결정되며 마음 챙김[mindfulness] 수련 등의 인지 치료적 개입을 통해 정신병질적 특성이 경감되고 친사회적인 방향으로 변화할 수 있다는 것이다.

그들은 또한 사회의 지배적인 문화가 "이타심과 친사회적

●   손[Sonne]과 개시[Gash], "사이코패스에서 이타주의까지: 이기심-이타심의 신경생물학 Psychopathy to altruism: Neurobiology of the selfish-selfless spectrum", 2018. 4. 19. https://www.ncbi.nlm.nih.gov/pmc/articles/PMC5917043.

행동에 유전자보다 훨씬 큰 영향을" 미친다고 말한다. 간단히 말해 사이코패스 같은 사회에 살면 이기적인 사람이 되기 쉽고, 친사회적이고 이타적인 사회에 살면 친절한 사람이 되기 쉽다는 것이다. 연구진은 결론적으로 "개인적 성취와 '성공'을 중시하는 사회는 사회성이 부족하고 이타적 성향도 덜 발현된 아이들을 양산한다"고 주장하며 미국 아이들이 바로 이 때문에 멕시코나 이스라엘 아이들보다 사회성이 떨어진다는 연구 결과들을 제시한다.

사이코패스라는 말은 도발적이고 무섭지만 그리고 반드시 상상 속의 난폭한 미치광이인 것은 아니다. 연쇄살인범보다는 사업가나 정치가일 확률이 더 높다. 기본적으로 타인에 대한 공감이나 관심이 없이 무감각하고 피상적이고 자기도취적이며 이기적 목적을 위해 남들을 착취하는 인간이 사이코패스다. 이런 특성이 독려되고 결국 보상받는 사회에 우리는 이미 살고 있지 않은가?

• •

나는 기초 경제학 수업 시간에 결정을 앞둔 사람들은 합리적이며 사익을 추구하고 자신의 효용을 극대화하는 행동을 한다고 배웠다. 그런데 주변 세상을 돌아보고 나의 욕구를 떠올려보고는 곧바로 그게 완전히 틀리지는 않지만 틀릴 때도 있다는 생각이 들었다. 그때 '상당히 사이코패스 같은 세계관'이라고 생각했던 걸 기억한다.

장인정신은 왜 생겨난 것일까? 길 잃은 사람을 도와주려고 기꺼이 시간을 내주는 시골 사람들은 왜 그렇게 많을까? 을지로 전파사 아저씨는 내가 오디오 잭 어댑터 가격을 묻자 왜 "아, 그냥 가져가요"라고 했을까? 떼돈을 벌 수 있다는 걸 알면서 나는 왜 청담동 영어 과외 선생을 하지 않을까? 사람들은 투입한 시간과 돈의 대가를 최대한으로 얻고 싶어 하지만 한편으로는 신의, 자부심, 관습, 헬퍼스 하이 같은 것들도 중시하고 지독하게 불합리한 일에 돈을 쓰기도 한다.

합리적 사익 추구라는 가정은 경제학자들이 이론을 정립하느라 만든 가정일 뿐인데도 현실의 반영으로 받아들여져 보다 넓은 문화 속으로 침식해 들어왔다. 세상에는 소유라는 개념조차 믿지 않는 종족들이 있음에도 우리는 지난 수십 년 동안 사람들과 기업체들이 합리적 사익을 추구한다는 것이 자연스러울 뿐 아니라 도덕적으로 정당하다고 믿도록 학습받아왔다. '자유시장원리에 반대된다'는 이유만으로 사실상 무엇이든 배척될 수 있다. 국내총생산처럼 자유시장원리와 그에 관련된 모든 것을 지상 원리로 숭배한다.

합리적인 사익이라는 가정은 현실을 반영하는 것일까, 아니면 현실을 만들어내는 것일까? 호마 자가미[Homa Zarghamee]라는 경제학자는 20달러를 참가자 본인과 파트너가 함께 결정한 방식으로 나누는 실험을 실시했다. 대체로 반씩 나누지만 이 실험 참가자들은 파트너에게 평균 8달러 50센트를 주었으며 합리적 사익에 대한 강의 후 실시한 실험에서는 고작 평균 4달러 50센트만 주고 말았다.•

앞에서 말한 대로 지배적인 문화가 결정적 역할을 한다. 이기적인 것이 온당하고 합리적이라고, 우리는 서로 경쟁하는 분리된 개인이라고 주장하는 문화 속에서 살면 결국 그렇게 된다. 이것이 지난 수십 년간 우리가 걸어온 방향이라고 본다. 하지만 이제 다른 방향으로 가지 않을 수 없다. 우리가 만들어낸 사리사욕에 눈먼, 숫자에 집착하는 소비문화의 무의미함을 사람들이 깨닫기 시작했다. 메시지를 바꿔야 할 때다.

• 샹커 베단텀Shankar Vedantam, "경제학 학습이 우리를 이기적으로 만들까?Does studying economics make you selfish?", 2017.2.21. https://www.npr.org/2017/02/21/516375434/does-studyingeconomics-make-you-selfish?t=1562687413222.

근사한
칭찬 한마디

미국 코미디에는 '로스트roast'라는 게 있다. 여러 유명인이 한 유명인을 면전에서 놀리는 것을 가리키는데, 내가 정말 하고 싶은 말은 그 반대, '리버스 로스트reverse roast'다.

리버스 로스트는 그리 잘 알려져 있지 않다. 나도 1년 전 어떤 친구에게서 처음 들었다. 발상은 간단하다. 한자리에 모인 친구들이 차례로 각각 다른 사람의 좋은 점을 하나씩 들면 된다. 유일한 규칙은 숨김없고 진솔한 의견이어야 한다는 것이다.

놀자고 모인 날 밤에 할 일치고는 너무 어색하고 이상하다고 생각할지도 모른다. 영국에서라면 애당초 불가능할지도 모른다. 키득거리며 "미국 사람들이나 할 짓 같은걸"이라고

차 한잔 만들어주고
싶은 사람도 없고
우리를 필요로 하는
사람도 없다면
삶이 끝나버린 거라고
생각해요.

오드리 헵번

말할 것이다. 하지만 이건 쉽사리 웃어넘길 발상이 아니었다. 나도 긴가민가했는데 막상 해보니 근사한 경험이었다.

모인 사람은 한국인, 캐나다인, 미국인, 핀란드인, 그리고 나, 다섯 명 모두 남자였다. 나를 제외한 네 사람은 안양에서 가까이 살며 자주 만난 사이였기에 나와 원래 알고 지내던 핀란드 친구 한네스 빼고는 모두 나보다 서로 더 친밀했다. 그래서 내가 그들에 대해 얘기할 때나 그들도 나에 대해 말할 때 딱히 할말이 없어 어색한 순간도 있었다. 하지만 한네스에겐 내가 줄곧 해주고 싶었으나 못했던 말을 마침내 할 수 있는 기회구나 싶었다.

정확한 표현은 기억나지 않지만 이런 말을 했던 것 같다. "내 기분이나 우리 인생의 부침과 상관없이 넌 언제나 보고 싶은 친구야. 우린 영원히 변하지 않을 거고, 너는 내게 최고의 친구야."

이 말을 하자 기분이 훨씬 좋아졌다. 테이블에 둘러앉은 사람들에게 긍정적인 기운이 전해졌고, 조금 가라앉아 있던 분위기도 밝아졌다. 그뿐 아니라 그 말을 계기로 나는 그 모임의 다른 사람들과도 더 친해졌다.

교훈도 하나 얻었다. 진심 없는 찬사를 남발하는 사람들은 피하게 되지만, 담백하고 간결한 칭찬은 멋질 수 있다. 늘 잘

되는 건 아니지만 이제 날마다 선의에서 비롯된 진솔한 칭찬을 하며 살려고 노력한다. 돈 드는 일도 아니고 '이기적 이타주의'인 헬퍼스 하이라는 보상도 얻을 수 있기 때문이다. 따뜻한 말 한마디는 아낄 필요가 없다.

남자도 나약함을 드러낼 용기가 필요해

남자가 여자를 '감정적'이라고, 또는 최소한 자기들보다는 더 감정적이라고 추정하는 것은 통상적으로 발생하는 실수일 뿐 아니라 남자들이 스스로 빠져드는 마초적 현상이다. 이같이 생각하는 남자가 나 말고도 많을 것이다. 그러나 감정을 부정하고 유대 욕구를 억제하는 것은 남자들의 자연스러운 측면이라기보다 어린 시절부터 학습된 결과라고 본다. 남자들은 술기운이나 특별한 계기를 빌려야만 속내를 말할 수 있다는 건 그들 마음속에도 뭔가 있긴 한데 그걸 억누르고 있다는 상당히 명백한 증거다. 여자들이 특별히 감정적인 게 아니라 남자들은 안 그런 척하는 거라고 봐야 옳을 것 같다.

남성은 자살률이 여성보다 훨씬 높을뿐더러 여성과 달리 나이들수록 친구 관계를 유지하는 데 애를 먹는다. 우리 아버지가 좋은 예다. 가장 친했던 친구가 25년 전 뇌종양으로 세상을 떠난 뒤 아버지는 그야말로 친구가 하나도 없었고 은퇴한 다음에는 잘 아는 사람이 치매를 앓으시던 할머니, 어머니, 나뿐이었다. 비록 당신은 아무렇지 않다고 늘 말씀하셨지만.

나도 안다. 분명 여러 면에서 남성으로 태어난 것은 행운이다. 남성은 여성처럼 진지하게 취급되지 못할까봐 고민할 일이 적고, 택시를 탈 때나 밤늦게 귀가할 때 경계하지 않아도 된다. 아빠 노릇, 전반적인 가정생활, 직장생활 사이의 균형을 맞추기도 수월하다. 그런데도 남자로 산다는 것은 무척 힘들 수 있다.

어렸을 때부터 우리는 독립적으로 자신을 돌볼 줄 아는 '진짜 남자'로 자라라는 가르침을 받는다. 다른 사람에게 의존하거나 속상해해서는 안 된다. 드러내도 괜찮은 유일한 감정이란 파괴적인 것, 바로 분노다.

우리는 또한 일에 전력투구하도록, 그리고 일에 의해 규정되게끔 교육받는다. 이는 여러 면에서 파멸적이다. 커리어가 곤두박질치면 어떻게 되겠는가? 해고당한 일이 나의 아버지에겐 자의식이 송두리째 무너지는 경험이었다. 은퇴는 또 어떤가? 직장 밖에서는 만날 친구 하나 없는 나이든 남자가 너무 많다.

2002년 한국에 처음 왔을 때 친구 아버지가 일하던 회사의 고위직 출신 분 사무실에 초대받은 일이 기억난다. 그분은 이미 은퇴하셨지만 요즘도 말끔한 줄무늬 정장 차림으로 광화문 인근에 얻은 작은 사무실에 매일 출근해 주로 신문을 읽고 자신과 비슷한 처지에 있던 오랜 지기들과 점심을 먹는다고 했다.

그렇게 그는 스스로가 아직 회사원인 것 같은 느낌을 유지했고, 그럼으로써 오랜 인맥의 일부나마 지켜낼 수 있었던 것이다. 그때만 해도 참 이상한 사람이다 싶었지만 나이가 들수록 그런 일상이 납득된다. 논리적이지는 않지만 다른 한편으로는 그의 선택이 무척 합리적이다. 그리고 그런 생각을 하면 조금 슬퍼진다.

계산의 습관

5년 전쯤 친구들하고 기절할 만큼 돈이 많은 억만장자에게 이틀간 서울 구경을 시켜준 적이 있다. 맛있는 식당에도 가고 건축물도 조금 보고 미술관 몇 곳을 돌아보기도 했다. 모든 것에 호기심이 아주 많은 호감 가고 흥미로운 사람이어서 어렵지 않았다.

그럼에도 일정을 다 마치고 나자 상당히 피곤했다. 왜 그랬을까? 일이 아닌데도 일처럼 느껴졌기 때문이다. 순자산이 전화번호처럼 빤히 보이는 사람들 앞에서 다들 그러듯, 나도 모르게 주종관계 같은 사고방식에 빠져 일처럼 느껴졌고, 부자에 대한 내면화된 열등의식 때문에 상사도 아닌데 그를 상사처럼 대했다.

물론 나뿐만 아니라 함께했던 친구들 모두 그랬다. 우리는 보통의 방문객에 대한 통상적인 정중함을 넘어 존경심으로 그를 대했다. 그 또한 그런 존경심을 별생각 없이 받아들였고, 아이처럼 열광적으로 "○○○ 보고 싶어요! 언제 볼 수 있죠? 지금 가요!"를 외치곤 했다. 물론 우리는 두말없이 그의 청을 들어주었다. 미리 세워둔 다른 계획이 있어도 그가 하자는 대로 계획을 변경했다. 그의 태도로 보건대, 평생 그가 하자는 대로 맞춰주는 사람들에 둘러싸여 보낸 듯했다.

서울의 주요 건축물에 대한 책을 사두었으나 금세 시들해져 집에 꽂아두기만 한 게 떠올랐다. 그는 건축에 관심이 많아 보였으니 나보다 그에게 요긴하게 쓰이겠다는 생각이 들어 다음날 헤어지기 직전에 그 책을 건넸다. 이번엔 아첨이 아니라 그가 정말 좋아할 거라고 생각해서였다.

책을 받아든 그는 잠시 즐거워 보였고 연신 고맙다고 했다. 그런데 그의 표정이 금세 변하더니 눈을 가늘게 뜨고 "아, 내가 이제 빚을 진 거죠?"라고 했다. 누구하고나 불평등한 관계를 맺고 누구의 속내도 믿지 못하며 사는 사람은 외로울 것이다. 게다가 부자라서 그를 가엾게 여기는 사람도 하나 없을 것이다. 왠지 그의 표정이 잊히지 않는다.

우리는 언젠가
죽는다

올해 초 할머니 장례식에 다녀왔다. 어떻게 봐도 슬픈 일은 아니었다. 할머니는 몇 년째 치매로 정신을 완전히 놓으셨고, 심장병에 뇌졸중까지 몇 차례 겪으셨으며, 당뇨도 있어 전반적으로 매우 쇠약해져 도움 없이는 한 발짝도 옮기지 못하셨으니 죽음 자체가 사실 커다란 자비였다.

육체적으로나 정신적으로나 인간으로서의 근원적 본질은 더이상 남아 있지 않았다. 그런 면에서 이미 돌아가신 지 한참 되었고 치러야 할 애도는 건강이 악화돼온 여러 달, 여러 해에 걸쳐 점진적으로 진행돼온 셈이었다. 그러나 그 긴 시간이 할머니에게는 깊고 지속적인 고난의 기간이었다. 당신이 어디 있고 우리를 비롯한 주변 사람들이 누구인지 몰라보는 혼란스러움, 그리고 '집'에 가지 못하는 처지에 대한 분노라는 두 가지 기분 사이를 왔다갔다하셨다. 종종 죽고 싶다고 말씀하시면 그럴 때마다 쓸데없는 소리 마시라는 핀잔을 들으셨다.

하지만 사실 그것은 전적으로 합당한 소망이었다. 나도 할머니처럼 스스로 아무것도 할 수 없고, 내가 어디 있는지는 물론이고 누군지조차 모르고, 20초 전에 들은 말도 기억하지 못하며, 한 군데도 성한 데 없이 병든 처지라면 같은 것을 소망할 것 같았다. 친지의 이런 말년을 목격한 사람이라면 누구나 그렇게 생각할 것이다. 어머니는 늘 "다니엘, 내가 저러기 시작하면 머리에 봉지를 씌워버려"라고 말씀하셨다.

당연히 어머니 머리에 봉지를 씌우는 일은 없을 테지만, 사회는 할머니에게 그보다 더 가혹한 짓을 저질렀다는 생각이다. 의학은 사람의 수명을 몇 년씩 연장할 수 있을 만큼 발달했으나 그 시간을 가치 있게 살도록 만들지는 못했다. 의사들은 할머니의 수많은 병이 각각 별개인 양, 할머니가 죽어가고 있는 것이 아니라 그 각각의 병 외에는 건강한 사람인 양 대했다. 우리는 고작 할머니의 죽음을 지연시키느라 굴욕과 고통을 연장시키며 결국 할머니에게 천 개의 작은 죽음을 강요했다.

죽음에
꽁꽁
둘러싸인 채
생의 한가운데서
살아야 한다.

카를 융

이것이 죽음에 대한 우리의 일반적인 두려움과 관련돼 있다는 생각을 떨칠 수가 없다. 우리는 죽음을 생각하기 싫어 할머니 같은 사람들을 요양병원에 모셔놓고 치료받도록 한다. 태어나는 것만큼 삶의 중요한 부분이자 피할 수 없는 도정을 지나갈 뿐인 그들을 환자로 만들어 수난을 연장한다. 죽음의 충격을 회피하고 그게 덜 확연히 느껴지도록 애도 과정을 지연시킨다.

• •

유명한 미래학자이자 발명가로서 커즈와일 키보드 창립자이기도 한 레이 커즈와일은 '급진적 수명 연장' 주창자라는 이력을 추가했다. 날마다 백여 개의 알약을 삼켜(본인은 200개 정도를 먹었다고 한다) 신체의 생화학을 갈아엎으면 과학적으로 매년 수명을 1년씩 연장할 수 있으며, 그 결과 적어도 이론적으로는 영원히 살 수 있다고 그는 믿는 듯하다.

실리콘밸리는 자신을 극저온으로 냉동시키고 유전자를 조작하고 젊은이의 피를 투입하는 등의 방식으로 죽음에 저항하려는, 아니면 적어도 죽음을 지연시키려는 사람들로 꽉 찼다. 아마존의 제프 베이조스, 구글 창업자 세르게이 브린과 래리 페이지, 벤처 투자가 피터 틸 같은 대형 테크놀로지 기업 거물들은 이제 수명 연장 기술에 투자중이다. "말라리아와 결핵이 아직 사라지지 않았는데 부자들이 더 오래 살겠다고 그런 것들에 투자한다는 건 너무 자기중심적인 것 같다"는 지혜로운 말을 남긴 빌 게이츠는 예외다. 1994년생 천재 로라 데밍Laura Deming이 노화를 급격히 늦추거나 심지어 역진시키고자 하는 회사들에 투자하기 위해 설립한 '장수 펀드'라는 기금도 있다.

이 분야의 선구적인 학자 오브리 드 그레이Aubrey de Grey는 노화의 역전이 아주 가까운 미래에 실현될 수 있다고 본다. 그를 비롯한 급진적 수명 연장주의자들은 노화와 죽음을 필연적인 것이 아니라 치료해야 할 하나의 질병으로 간주한다. 그의 후원자 피터 틸은 워싱턴포스트와의 인터뷰에서 죽음을 사람들이 수동적으로 받아들이는 "끔찍하고 끔찍한 것"으로 묘사하고 "나는 맞서 싸우는 쪽이 좋아요"라고 말한다. 이 운동의 또다른 유력 인사로 '급진적 수명 연장 연합' 대표를 맡고 있는 제임스 스트롤James Strole은 죽음이 마치 인종차별이나 빈곤 같은 사회문제라는 듯 스스로를 '죽음 반대 활동가'라고 부른다.

급진적 수명 연장 운동을 거부들이 주도하는 것은 어쩌면 당연할지도 모른다. 이를테면 평범한 사무직원이 그걸 원할 것 같지는 않다. 30년이 아니라 100년을 책상 앞에 앉아 컴퓨터 화면을 들여다보고 있어야 하는 삶을 상상해보라.

현대 문명은 이미 우리에게 일정한 정도의 수명을 연장해주었다. 이제는 여든, 아니 아흔까지 살아도 대수롭지 않게 여긴다. 그러나 급진적 수명 연장주의자들의 바람은 그것을 훌쩍 뛰어넘는다. 인간 수명의 '최고 한도'는 125년 정도로 보이며 아무리 건강하고 운이 좋다고 해도 그 이상 살 수는 없다. 이것은 천년 전이나 지금이나 변함이 없다. 그런데 이제 노화를 전면 중단시킴으로써 그 한도를 깨부수자는 목표가 세워진 것이다.

영원히 살고 싶은 것은, 아니 그보다 죽음이 두렵고 자신에게 닥치지 않기를 바라는 것은 자연스러운 일이다. 현존하는 최고最古의 문학작품 『길가메시 서사시』는 영생의 비밀에 대한 탐구를 다루고 있다. 오브리 드 그레이 같은 사람은 인류 역사 이래 초창기부터 있었지만 이들이 이전 사람들과 다른 점이라면 이들에게는 과학을 통해 성공을 거둘 가능성이 있다는 것이다.

그가 상상하는 미래는 우리 할머니 같은 사람이 지쳐빠진 빈껍데기로 영원히 사는 것과 같은 세상이 아니라 아예 늙지 않는, 나이 아흔에 테니스를 시작할 기운이 있고 배워서 잘 칠 수 있으며 원하기만 하면 백서른세 살에 물리학 박사학위를 딸 수도 있는 세상이다.

사람들은 여러 개의 커리어를 가질 수 있을 것이다. 아무것도 모르지만 탐구해보고 싶은 것이 내게도 많다. 심리학, 범죄학, 스쿠버다이빙, 사회학, 영화 제작, 스페인어, 컴퓨터 프로그래밍 등 셀 수도 없다. 그러지 못하는 이유는 시간이 없기 때문인데, 급진적 수명 연장주의자들이 성공한다면 달라질 수도 있다. 50년간 한 우물을 파 훌륭한 전문가가 된 다음 완전히 다른 일을 시작해 거기서 또 훌륭한 전문가가 되는 것이다. 결혼과 이혼을 열 번씩 되풀이하고 일곱 개의 가정을 꾸릴 수도 있겠다.

아니 어쩌면 그보다는 언제나 내일이 있을 테니까 온종일 빈둥거릴지도 모른다.

죽음의 위협보다 강력한 동기 제공원이 있을까? 죽음이 있으므로 삶을 귀중히 여기고 뭔가를 성취하고 싶어지는 것이다. 삶은 그 결핍으로 인해 소중해지고 죽음의 공포로 인해 우리는 지금 무언가를 바로 하는 것이다. 그것은 삶에 의미와 치열함을 더해줄 뿐 아니라 무엇인가에 투신하게 하고 자문하게 한다. 이 제한된 시간 속에서 내가 정말로 하고 싶은 건

뭐지? 누구랑 함께하고 싶지? 만사에, 죽음까지 포함해 수많은 선택이 존재하는 세상이지만 가능성에 끝이 없으면 개개의 가능성이 가치를 잃는다는 것을 우리는 잊고 산다.

나는 길고 풍요로우나 영원하지는 않은 삶을 살고 싶다. 더 바라는 것이 자연스러울지 몰라도 이미 혼잡한 세상에서 사라져주어 다른 사람들에게 자리를 내주고 싶다. 딜런 토머스^{Dylan Thomas}는 우리가 "빛의 소멸에 맞서 분노해야" 한다고 말했지만, 결국에는 빛이 꺼지게 두는 것도 중요하다.

● ●

최근 재미 삼아 '위크로크^{WeCroak}'라는 앱을 다운받았다. 하루에 다섯 번씩 "잊지 마세요, 당신이 죽을 거라는 것을"이라는 메시지를 보내주는 게 기능의 전부다. 행복하게 살려면 하루에 다섯 번 스스로의 죽음을 생각해야 한다는 부탄 속담에서 유래했다고 전해지는 주문, '메멘토 모리^{memento mori}'의 현대판인 셈이다.

이 앱이 내 삶을 바꿔놓았다고 말할 수는 없지만(그래도 사람들에게 보여주면 웃음을 터뜨리거나 "헐……" 하고 반응한다) 부탄인들과 세네카 같은 로마의 스토아학파, 몽테뉴 같은 철학자들, 『아침에는 죽음을 생각하는 것이 좋다』로 유명한 김영민 등의 생각에 나는 동의한다. 그들은 달아나지도, 천당이나 내세로 옮겨가거나 업적을 남겨 영원히 남을 거라는 신념에 빠지지도 말고 우리 자신의 죽음이란 관념과 친숙해지라고 말한다. 급진적 수명 연장을 논외로 한다면 죽음은 우리 모두를 찾아오는 것이니 깨끗이 받아들이고 가능하면 거기서 얻을 것이 있는지 찾아볼 일이다.

시간이 얼마나 부족한지를 생각하면 정신을 집중하지 않을 수 없다. 의사결정에 좋은 약이고("나이 여든이 되어 여생이 얼마 안 남았을 때 지금 내가 무엇을 했기를 원할까?"), 우리에게 주어진 시간을 소중히 여기게끔 한다. 일상의 근심은 대부분 사소한 것임을 떠올리게 해 큰 시각에서 문제를 바라볼 수 있게 한다. 우리가 백 년 전에는 존재하지 않았고 백 년 후에는 존재하지 않을 것임을 떠올려보면 겸손해진다. 장 폴 사르트르는 죽음을 알 때 우리는 인습과 한낱 따분한 실존에서 벗어날 수 있다고, 필사적인 창조성이 자극될 수 있다고 했다.

스토아학파는 우리 자신뿐 아니라 우리가 사랑하는 이들의 죽음도 묵상할 것을 권면한다. 그래서 스토아철학을 싫어하는 사람이 많다. 사랑하는 사람들의 죽음을 상상하는 것은 불쾌하지만 거기에는 그만한 논리가 있다. 어떻게 준비하더라도 사랑하는 이의 죽음 앞에선 그 무엇도 충분하지 않겠지만, 적어도 그 사람이 우리와 영원히 함께 있을 수 없다는 사실을 떠올림으로써 함께하는 현재에 감사할 수 있기 때문이다. 서로의 존재를 당연하게 여기기 쉬운데 언젠가 그 사람을 그리워하게 되리라는 사실을 알면 우리의 사랑을 비로소 절감하게 된다.

모든 것은 빌린 것이며 우리 자신과 사랑하는 이들도 잠시 머무르다 떠나게 되어 있다. 그것을 알고 시작하면 훗날의 상심도 조금 덜할지 모르고 함께 있는 지금 이 시간을 더욱 귀중히 여길 수 있다.

의미 없음의
자유

"삶은 무의미하고 우리는 차라리 죽는 편이 나아. 어떤 일을 한들 무슨 소용 있는데? 나는 이따금 좌우를 둘러보지 않고 차도로 발을 내디뎌. 달려오는 차에 부딪히기를 바라면서."

몇 년 전 좋아하던 여자가 함께 저녁을 먹으며 한 말의 요점이다. 특별히 힘든 시기를 보내고 있었다기보다는 어두운 허무주의가 그녀 성격의 중심에 드리워 있었다고 할 수 있다. 늘 느껴왔던 거라고 그녀는 말했다.

그녀에게는 매일 아침 출근이 무의미했고 친구들과의 시간도 가끔 즐겁기는 했지만 역시 무의미했으며 야망 같은 것도 다 무의미했다. 삶의 노정에서 성공하건 실패하건 백 살까지 살건 내일 버스에 치여 죽건 상관없었다.

그녀는 나더러 무엇이 됐든 삶이 의미 있는 이유를, 죄다 집어치우지 않고 노력해야 하는 이유를 대보라고 했다. 당연히 포기하지 말아야 한다고 말했을 뿐 그녀를 확신시킬 만한 논거는 제시하지 못했다. "당신을 아끼는 사람들이 있다" "가족이 있다" 등등 빤한 감정적 호소는 그녀 같은 사람에게는 도움이 안 된다. 왜냐하면 같은 논리로, 그들의 실존 또한 그녀의 그것과 똑같이 무의미하고 일시적일 뿐이니까.

그녀의 문제는 바로 카뮈가 풀려고 했던 문제와 같았다. 카뮈는 "철학의 단 한 가지 중요한 질문은 왜 우리가 자살하지 않아야 하는가"라고 했다. 인간은 죽음의 운명에도 불구하고 실존의 의미를 찾으려는 깊은 욕망을 가진 저주를 받았으나 결국 실패한다. 우리 모두는 '정의'나 '공평'처럼 우리가 중시하고 신봉하고 싶은 관념들은 안중에도 없이, 되는 대로 나아가는 것 같은 혼돈의 우주 속 작은 티끌에 불과하다. 우주는 그냥 존재하고 우리는 아주 짧은 시간 그 일부로 살아간다. 한때 번영했던 제국도 무너지고 한때 맹위를 떨친 사상도 결국 잊히며 한없이 위대하던 사랑도 당사자들의 죽음을 따라 사그라진다. 우리가 시도하는 모든 일도 우리가 지상에서 사라지고 우리 육신을 이루었던 분자들이 다른 형태로 순환되면서 종국에는 헛된 것이 되고 만다. 그러니 이게 다 무슨 소용이란 말인가.

　그것은 나도 잘 알고 있는 느낌이었다. 대체로 그런 느낌으로 어린시절을 보낸데다 대학 2학년 때는 별다른 이유 없이(게으른 학생이라 남는 시간이 많아서였을 수도 있다) 매 순간 모든 의식이 그것에 사로잡혀버렸다. 삶은 하등의 의미도 없었기에 죽고 싶었으나 내가 자살하면 어머니의 삶까지 망가질 거라는 지각은 있어 실행에 옮기지는 않았다. 어머니가 늙어 돌아가시기 전까지는 어떻게든 이 세상을 견디며 살아야 한다고 스스로를 타이르곤 했다. 그 무렵 나는 숙취로 더는 못 마실 지경일 때를 빼고 거의 매일 술을 진탕 마셨다. 누구든 술집이나 클럽에 가고 싶어하는 사람이 있으면 이튿날 시험이 있어도, 시험도 당연히 무의미하니까, 가리지 않고 따라갔다. 지금 생각해보면 타인들과 접속하고 스스로를 마비시키고 싶은 두 가지 욕망에 사로잡혀 있었던 듯하다.

　외적 환경은 변한 것이 없으니 정확한 이유는 모르지만 어느 지점에선가 머리 위를 맴돌던 구름이 완전히 걷혔다. 정신과 상담을 받지도 마법의 알약을 먹지도 사랑에 빠지지도 않았는데 삶에 대한 태도가 변했다. 딱히 기억나는 전환점 같은 것도 없다. 그냥 삶이 무의미해도 그럭저럭 수용할 만하다고 느끼게 됐다. 무의미함은 긍정적인 것일 수도 있다.

귀감으로 삼을 어떤 커다란 본보기도 의무도 없으니 가벼운 마음으로 훨씬 자유로워지는 것이다. 근본적인 무의미함은 가벼운 해방감을 준다.

사르트르가 말했듯 실존이 본질에 앞서지 그 반대가 아니다. 우리는 동료 인간이나 신, 또는 다른 초자연적 존재가 제시한 특정한 임무를 완수하려고 태어난 것이 아니다. 우리는 그냥 여기 있고 우리의 소명을 찾는 일도 우리에게 달렸다. 바로 그 탐색이야말로 우리 삶이 가치 있는 것임을 느끼게 해준다.

이렇게 자유로워질 때 궁극적인 책임도 우리 자신에게 있으므로 우리는 보다 진정한 삶을 살아갈 수 있다. 가끔은 그 사실이 조금 두렵기도 하지만 말이다. 싫어하는 일을 하며 살거나 정말 원하는 사람이 아닌 다른 누군가와 결혼하는 등 비겁한 타협으로 진정성 없는 삶을 사는 것도 내 책임이다. 우리는 늘 남들로부터 어떻게 살 것인지를 배우는데, 사실 우리 자신에게 '나는 누구인가?' 먼저 물어야 한다. 진짜 자아를 알고 스스로에게 솔직하면 모든 것이 따라가게 되어 있다.

근본적인 무의미함이 즐거운 삶의 불가능성을 뜻하지는 않는다. 대학 2학년 이후 나의 삶은 졸업과 한국 방문, 글쓰기, 이곳저곳 여행하기, 연애, 친구들과 술 마시기, 창업, 백패킹, 하루 열 잔 차 마시기 등등 우주적 시각에서 보면 전적으로 무의미하고 때로는 불만스럽기도 했지만 기쁨과 무언가 배웠다는 충만감, 타인과 연결된 느낌, 그것도 아니면 가벼운 웃음이라도 가져다주곤 했다. 모든 게 무의미하다는 사실의 순전함은 많은 것을 더욱 즐길 수 있게 해준다. 무엇인가에 실패했다고 상심할 필요도 없는 것이 나는 내가 믿지도 않는 신이 세워둔 조건을 충족시키려 노력할 필요도 없고 어찌 보면 재미난 게임을 하고 있는 것이기 때문이다. 내 삶을 돌아보면 살아서 그것을 경험할 수 있어서 좋았다는 생각이 들고 앞으로 다가올 것들을 기대하게 된다. 자살은 분명 형편없는 선택이었을 게다.

여담이지만 월드컵에 출전한 잉글랜드 팀을 응원하는 것이 무의미한 일인지 여부를 놓고 고향의 옛 친구와 설전을 벌인 적이 있다. 그 친구의 주장인즉슨, 잉글랜드가 월드컵 우승을 할 리 없어서 무의미한 것이 아니라(그건 너무 당연한 예상이니까), 축구란 그저 열한 명으로 이루어진 두 무리가 공을 차대는 놀이다, 잉글랜드는 영원히 지속되지 않을 인위적 개념인데다 우리는 단순히 출생의 우연으로 잉글랜드와 연결된 것일 뿐이다, 어쨌든 우리가 축구를 하는 것도 아닌데 '우리의' 사내 열한 명이 이 무의미한 경기에서 성취하는 영광이 너나 나하고 무슨 상관이 있느냐는 거였다.

구구절절 옳은 말이라 그러면 다른 것들도 다 무의미하다는 한마디만 하고 말았다. 하지만 그렇다고 어떤 팀을 응원하거나 경기를 즐길 수 없는 것은 아니다. 어떻게 보면 지혜롭고 멋지게 우리 자신을 속이는 게 옳다. 사실은 모든 게 무의미하다는 것을 알지만 그럼에도 그 사실을 무시하고 그냥 그대로 즐기고 우리 열정을 일깨우는 것에 온 마음으로 뛰어들어야 한다는 생각이다. 월드컵이 좋다면(나는 그렇다) 우주적, 철학적 의미에서는 아닐지라도 내게는 의미가 있다.

바보는 삶이 본질적으로 의미 있다고 생각한다. 똑똑한 사람은 무의미하다고 생각한다. 지혜로운 사람은 무의미하다는 걸 알면서도 나름의 방식대로 살며 즐긴다. 무의미하게 진정하고 무의미하게 즐거운 삶을 사는 것이 내게는 가장 이상적이다.

갈망할수록
채워지지 않는
인정의 허기

우리에게 던져진 가혹한 말 대부분은 부당하거나 미혹된 것, 아니면 시기와 분노, 또는 남을 깔아뭉갬으로써 기분을 풀고 싶은 욕망에 사로잡힌 사람들에 의해 전해진다. 하지만 이게 사실이라면 칭찬 또한 믿을 수 없는 것이라고 봐야 옳다. 왜 나하면 칭찬과 모욕은 동전의 양면과 같아서 칭찬에 대한 욕 구가 지나치면 모욕을 당했을 때 지나치게 분노하기 쉬운 까 닭이다. 모욕이 그러하듯 칭찬하는 사람의 마음속에도 온갖 불순한 이유가 득실댈 수 있다. 상대한테서 무언가 얻고자 할 수도, 대가로 자기도 칭찬받고 싶어할 수도 있다. 이따금 듣는 칭찬이라면 좋겠지만 지나치면 거기에 의존하게 되고, 그 결과 왜곡된 자기인식을 갖게 되며 심하게는 칭찬이 고갈

됐을 때 극심한 고통까지 느낄 수도 있다.

　로마 황제 마르쿠스 아우렐리우스만큼 칭찬에 휩싸여 산 사람도 드물 것이다. 당대 서양 세계 최고 권력자로서 아첨에 취해 개인 숭배 컬트쯤은 구축하고 남았을 수도 있다. 실제로 그의 아들이자 후계자로 영화 〈글래디에이터〉에 악당으로 등장한 코모두스는 '코모두스의 땅Colonia Commodiana'으로 로마를 개명했을 뿐 아니라 과대망상이 최악으로 치달은 폭정 말미에는 달력의 월명마저 자신의 열두 개 이름과 관련지어 바꿔치웠다. 하지만 마르쿠스 아우렐리우스는 사실상 자신에게 쓴 조언집이라 할 『명상록』에서 사람들의 칭찬을 중시하지 말라고 여러 번 경고했다. "항상 놀라운 것은 우리는 모두 다른 사람들보다 자신을 더 사랑하면서도 남의 의견에 더 신경쓴다는 점"인데 사람들의 칭찬은 "그저 입놀림일 뿐"이라고 했다.

　그는 왜 그랬을까? 허망한 외부 상황에 의존하기보다는 평정심과 자신에 대한 참된 믿음을 유지하기 위해서였다. 마르쿠스와 코모두스가 각각 로마 사상 최고의 군주와 최악의 군주로 평가받는 건 우연이 아니다. 당시 한 사가에 따르면 코모두스는 "본성이 사악하진 않"으나 다만 "순진"하여 아첨꾼들에게 끌려다니다 악덕과 자기중심적 행위에 빠져

우리는 주로
칭찬받기 위해
칭찬한다.

프랑수아 드 라로슈푸코

들었다 한다. 그는 통치 12년 만에 결국 암살당했다. 우리야 평생 이런 걱정을 할 일이 없겠지만 그래도 마음에 새겨야 할 교훈이란 생각이다. 마르쿠스 아우렐리우스는 위대한 황제로 모두의 존경을 받았으나 사람들의 인정 따위에 연연하지 않았던 반면, 아들 코모두스는 슬프게도 정반대 길을 걸었다.

소셜 미디어 시대에 우리가 칭찬과 인정에 목매는 건 안타까운 일이다. 모든 게 수량화되다 못해 한심하게도 우리가 올린 사진에 '좋아요'를 누른 사람이 얼마나 많은지를 놓고 인기를 측정함으로써 인기가 전에 비해 또는 다른 사람들에 비해 어떤지 비교하도록 부추기는 시대다. '좋아요' 버튼이 출현하기 전에는 몰라도 됐던 일들이다.

셀카는 찍을수록 만족도가 낮아지는 것 같다. 그런데도 멈출 수 없는 이유가 뭘까? 소셜 미디어에 쉼 없이 정치적 의견을 올리는 이유는 또 뭘까? 자신의 도덕적 우월성을 암시하고 정당성을 입증해 사람들의 칭찬을 끌어내거나, 최소한 다른 사람들의 인정을 유도하고 싶은 것 외에 무슨 이유가 있을까? 나도 해본 일이지만 이제는 하지 않으려 노력한다. 왜 X는 내 사진에 '좋아요'를 안 눌렀는지, 왜 Y는 다른 친구의 게시물엔 댓글을 달았는데 내 것에는 무반응인지 의아해

하는 일은 조금도 즐겁지가 않았다. 그런 건 내 본성에 맞지 않는데 어쩌다보니, 여타 소셜 미디어 사용자들과 같이, 그렇게 이끌렸던 것이다. 카지노 슬롯머신과 비슷한 중독성까지 있어 평균적으로 보아 질 게 빤한 게임이지만 가끔 얻는 사소한 보상 때문에("그녀가 내 사진에 '최고예요'를 눌렀어!") 멈추지 못한다.

나는 이제 인스타그램을 이따금 쓰고 페이스북 계정은 회사 구인광고를 올리는 용도로 주로 쓰는 정도다. 그래서 물론 훨씬 더 좋다. 다 그런 건 아닐지 모르지만 지인들을 보면 소셜 미디어에 자기 이야기를 많이 올리는 사람일수록 정서적으로는 취약하다. 그것만으로도 충분히 소셜 미디어를 줄여야겠다는 동기가 되었다.

페이스북 임원이었던 차마스 팔리하피티야는 "사회 작동 원리의 바탕을 훼손하는 하트, 좋아요, 엄지척 따위"에 휘몰리는 "단기적, 도파민 추동 피드백 순환 고리" 개발에 일조한 데 '엄청난 죄책감'을 느낀다는 고백을 해 널리 알려졌다. 페이스북 초창기 투자자였던 숀 파커도 자신이 만든 것과 같은 소셜 미디어들은 "인간 심리의 취약성 착취"를 통해 수십억 달러를 벌어들였다고 말한다. 이 '짓'을 이들보다 잘 아는 사람은 없다. 그러니 새겨듣자.

충분히 잘해냈어,
칭찬받지 못해도

어머니는 네 살에 무용을 배우기 시작해 이십 대에 교습을 시작했고 일흔이 된 지금까지도 무용 선생으로 일하고 계신다. 시간제 강사 넷의 도움을 받아 운영하는 조그만 학원 아래층엔 술집이 있다. 영국은 2007년부터 술집에서의 흡연을 금했지만 건물 구석구석에 속속들이 스며든 뭉근한 담배 냄새가 아직 감돈다. 나는 담배 연기라면 질색하는데, 이상하게도 그 술집의 냄새만큼은 이내 후각을 자극하며 유년기의 추억을 불러일으킨다.

춤은 젬병이므로 학원엔 주로 심부름이 있을 때나 가곤 했는데, 그때마다 학생들이 어머니를 무척 존경한다는 것을 느꼈다. 날카로운 꾸중을 두려워하는 학생도 있긴 했으나 무도

장과 남미에 대한 어머니의 지식과 전달 능력을 모두가 인정했다. 70년 동안 한 우물을 판 결과일 테니, 나라면 어느 분야에서도 그렇게 전문적인 수준에 이르지 못할 것 같다.

학생들이 존경한다는 것이 확연히 보이는데도 어머니는 그걸 까마득히 모른 채 무시나 비판으로 오해될 만한 발언 하나하나에 방어적인 자세를 취하고 지내신다.

언젠가 부모님께 갔을 때 어머니는 초급반 아이들에게 화가 나 있으셨다. 그 반을 맡은 보조교사 세라는 나이도 훨씬 젊고 구김살 하나 없이 해맑은 성격이다. 물론 객관적으로는 어머니가 훨씬 뛰어난 무용 선생이지만, 때때로 학생들은 빈둥거리고 싶은데 어머니 앞에서는 그럴 수가 없으니 어머니가 교실에 들어가면 낯을 찡그리면서 "세라 선생님이랑 하고 싶어요!"라고 하는 것이다.

어머니는 집에 돌아와 불평을 하셨다. "그렇게 정성을 다했는데! 아무도 나를 원하지 않는구나. 다들 나를 싫어해." 나는 어떻게든 어머니의 기분을 풀어드리려고, 아직 어린아이들이고 시간제 교사지만 친구처럼 느껴지는 세라 선생과 장난치는 걸 원하는 것은 당연하다고, 한 걸음 물러나서 그 애들 나이 때 어머니는 어땠는지 상상해보라고 말했다. 그러면 어머니는 오히려 한술 더 떠 최근 당신을 언짢게 한 다른 사람들까지 거론하곤 하셨다.

칭찬을 향한 어머니의 욕구는 애절할 정도다. 은근히 상대의 동의를 구하며 "알잖아, 내가 유머 감각이 괜찮다는 걸" 같은 유인성 발언을 자주 하신다. 특히 내게는 어렸을 때 당신이 좋은 엄마였는지 물으시는데 그렇다는 대답을 안타깝게도 잘 믿지 않으신다. 어머니는 칭찬을 원하시지만 그것은 일시적인 만족밖에 주지 못한다. 어머니는 객관적으로 좋은 엄마였는데 웬일인지 요리를 더 잘하는, 돈이 더 많은, 등등의 다른 엄마들하고 끊임없이 자신을 비교하시는 것 같다.

원인은 간단하다. 어머니의 어머니, 즉 최근 돌아가신 외할머니는 어머니에게 자애로운, 따뜻한 말 한마디 해주지 않으셨다. 솔직히 누구에게도 좋은 말을 안 하는 분이셨는데, 아마도 평생 가난에 시달리며 다섯 아이를 키우고 허구한 날 술집에 처박혀 사는 남편을 보살피느라 고생했기 때문인 듯하다. 어머니는 어려서부터 앞날이 뻔하다는 소리를 들었고, 뭔가에 관심을 보여도 그럼 한번 해보라는 격려를 받지 못하셨다. 열여섯에는 평소 꿈꾸던 간호대학 진학은커녕 다니던 학교마저 중퇴하고 되는대로 취직해서 집안 살림을 도와야 했다.

할머니는 자식들이 '분수'를 모른다고 트집잡곤 한다. 부

모님은 열심히 노력한 결과 할머니의 형제들에 비해 큰 차이
는 없어도 조금 나은 형편이 됐는데 다른 가족들 앞에서 할
머니가 그걸 비꼬는 일도 잦았다. 그러니 어머니가 평생 피
해의식에서 벗어나지 못할 만했다.

어머니가 다정한 말 한두 마디쯤 의심 없이 받아들이셨으
면 좋겠다. 아니 그보다는 어차피 받아들이지도 못하는 칭찬
에 대한 욕구에서 벗어나 자신을 신뢰하고 다른 사람들의 부
정적인(보다 정확히는 부정적으로 느껴지는) 말들에 흔들리지
않으셨으면 좋겠다. 어머니는 훌륭한 선생님이고 좋은 어머
니니까. 십 년, 이십 년 전 제자들의 발걸음이 아직도 이어지
고 나는 어머니의 사랑을 의심할 이유가 전혀 없다는 게 그
증거다. 자식에게 그만한 확신을 주었다면 부모 역할을 충분
히 한 것 아닐까.

한국어를
배우는 시간

한국에 처음 살았을 때 나는 영어학원에서 일했다. 2002년 월드컵 당시 와보고 졸업하면 1년을 여기서 살기로 결정했다. 그리고 1년 후에는 진로를 진지하게 모색하기 위해 어쩔 수 없이 런던으로 돌아가야 할 줄 알았다(다행히 안 그랬다). 아무튼 월드컵 기간에 잠깐 가보았고 심지어 서울보다 마음에 들었던 부산에 일자리가 있어 온라인으로 지원했고 거기서 제안을 받자마자 곧바로 승낙했다.

그런데 안타깝게도 학원은 김해시 장유면에 있었다. 영국 정계의 표현을 빌리자면 원장님이 진실을 다 말하지 않은 economical with the truth 거였다. 착하고 말 잘 듣는다던 학생들은 첫날부터 내가 칠판에 뭘 쓰려고 몸을 돌릴 때마다 무지막지

한 '똥침'을 놓기 일쑤였다.

장유 생활의 가장 힘든 문제는 소통 대상이 전혀 없다는 점이었다. 그때 내가 아는 한국어 단어는 잘해야 열 개였고 (그중 하나가 바로 똥침이었다) 그곳 누구도 영어를 할 줄 몰랐다. 도착 첫 주 어느 날 면내 중심가를 산책하다 비행기에서 익힌 한글 실력을 가게 간판 독해에 적용해봤다. 'ㅅ'은 'S'와 거의 같다는 안내서 내용과 달리, '롯데리아'의 첫음절 시옷 받침이 'S' 발음이 아닌 게 이상해 쩔쩔맸던 기억이 아직도 또렷하다. 뭐야, 책이 거짓말한 거야?

나는 가지고 있던 공책과 펜과 종이를 꺼내 단어를 받아 적고 발음해보았다. 긴 시간을 들여서 '로스…… 데…… 리…… 아'를 간신히 읽어냈다. 나도 사실은 그게 'Lotteria'라는 걸 알았다. 그런데 그건 내가 읽어낸 한국어 발음과 닮은 데가 별로 없었다. 어깨가 축 처지고 마음도 가라앉았다. '여기서 사는 일은 굉장히 외로운 경험이겠구나. 포기해야 될지도 모르겠어.' 어딜 가든 한국어 간판들이 나를 비웃는 느낌이었다. 몸은 장유에 있었으나 사실 그곳과 완전히 단절되어 지냈다.

석 달 후 장유를 포기하기로 결정하고, 서울을 시도해보느냐 영국으로 돌아가느냐를 놓고 벌인 박빙의 대결 끝에 전자를 선택했다. 무엇보다 먼 이국땅에서 금세 항복하고 돌아올 것으로 예상하고 있을 가족, 친구들 앞에 패배를 시인하기 싫었다. 그리고 장유에 비해 어느 정도 소통 가능한 서울이라면 해볼 만할 것 같았다.

영어를 하는 친구들을 사귀고 그들이 원하면 영어 이름으로 부르기도 했는데 그것은 마음에 드는 일이 아니었다. 지금 생각해보면 그런 관습은 한국과 미국 사이의 불균형한 관계를 상징하는 것 아닐까 싶다. 서울로 옮겨 처음엔 학원에서 일했고 그다음엔 모두 영어를 쓰는 투자회사에서 일하다가 다른 투자회사의 국제부로 옮겼다. 그때쯤엔 한글을 읽을 수 있게 되었는데도 영어만 쓰며 살았다.

몇 년 후, 한국을 떠났다가 특파원이 되어 돌아와서야 마침내 깨달았다. 한국어를 모르고서는 이곳에서 진짜 사람이 될 수 없다는 것을. 2차원에 지나지 않는다는 것을. 수십 년을 살고도 한국어를 쓰지 않는다면 지금 막 인천공항을 통해 처음 입국한 사람이나 마찬가지다. "한국 좋아요?" "이 음식 너무 맵지 않아요?" "김치를 좋아하시네요! 그럼 한국인 다 된 거예요, 하하!"

이미 한국에서 살아가는 사람이라면 모두 항상 '한국'에 둘러싸여 있다는 말은 뻔한 소리고, 내가 만약 한국어가 아닌 언어로 말을 건다면 상대는 내가 한국을 전혀 모르는 사람이라고 짐작하는 것도 당연하다. 언어로 인해 내 주변 환경을 구성하는 사물, 관념, 소리, 이야기, 관습 같은 것 어디에도 한국은 없을 테니까.

영어를 아주 잘하는 사람과 있을 때도 영어로 대화하노라면 내가 흔해빠진 외국인 캐리커처로 전락하는 느낌이 든다. 그래서인지 몰라도 거의 영어로만 대화했던 한국인 중 한 사람은 내가 노무현 전 대통령이 누구이고 한국의 정치 스펙트럼 어디쯤에 속하는지 안다는 사실에 깜짝 놀라기도 했다. 내가 한국 정치를 취재하러 온 언론인이라는 걸 알면서도 말이다. 정부 소속 외신 담당 대변인은 내가 서울에서 살며 일한다는 걸 알면서도 내게 "광화문이라는 동네"를 아느냐고 묻기도 했다. 이런 일들이 자주 일어나면서 나는 한국어를 배우고 말하는 데 다소 전투적인 자세를 갖게 됐다. 비록 실수를 하고 때로는 음…… 음…… 더듬을지언정 한국어를 고집하는 것은 '저 정말로 그렇게 무식하지 않으니 당신들 세계에 끼워주세요'라는 신호와 같다.

사람들이 나와 한국어로 이야기하게 만드는 좀 괴상한 수단도 하나 개발했다. 가게에 가서 내가 한국어를 쓰는데도 주문 받는 직원이 자꾸만 영어로 말하려고 할 때가 있다. 답답한 탁구 게임처럼 말이다. 장난기가 발동하는 날이면 내가 루마니아에서 와서 영어를 잘 못한다고 말하기도 한다. 프랑스, 독일, 스페인 출신이라고 하면 안 된다. "아, 봉주르! 학교에서 프랑스어 배웠어요" 식의 반응이 돌아올 가능성이 1~2퍼센트 되기 때문이다.

한국어로 하지 않는 일이 딱 하나 있다면 얄궂지만 바로 책을 쓰는 일이다. 아직 그런 실력은 못 된다. 솔직히 말해 영영 그런 수준에는 이르지 못할 것이다. 시간이 열 배는 더 들 테고 내 실수를 바로잡느라 편집자들이 엄청 고생할 게 빤한데다 결정적으로 전혀 맛깔스럽지 않은 글이 되고 말 것이다. 전문 번역을 거치지 않고 독자 여러분과 소통할 수 없다는 게 슬프지만, 만일 강행한다면 결과는 더 나쁠 것이다. 그 밖의 모든 일은, 무시무시하게도 2017년 라식 수술을 포함해, 최대한 한국어로 한다.

합리적 시각에서 보자면 미친 짓 같아 보이더라도 때로 전력투구하고 신념을 제대로 보여주는 것은 훌륭한 삶의 원칙이라고 생각한다. 위에서 말한 라식 수술이 내게는 그런 예에 속했다. 상담부터 수술까지 전 과정을 영어로 제공하는 곳이 서울에는 많지만 나는 이렇게 생각했다. 최근 한국어 실력이 늘었으니 한번 나 자신에게 증명해볼까? 모든 절차를 한국어로 마친다는 것은 나의 진전에 대한 믿음의 선언이자 신체뿐 아니라 정서적으로도 한국에 살겠다는 공상가다운, 어쩌면 백치 같은 서약의 증표로 느껴졌다.

하지만 여기 살고 있는 영미권 외국인 중 아직 나 같은 생각을 하는 사람이 많지는 않은 것 같다. 그래서 사람들은 내 외국인 얼굴을 보면 영어로 대화하고 싶어하는 건지도 모른다. 한국어 학습에 대한 관심 부재를 보여주는 극단적인 예를 하나 들어보자. 아직도 실소가 나오는 일이다. 1년 전쯤, 전역한 지 오래인 미군 출신으로 80년대에는 이태원에서 가장 잘되는 클럽도 운영했던 사람과 커피를 한잔 했다. 그는 이태원에서 50여 년을 살았다며 대화중에 길 건너 빌딩을 가리키며 그 자리에 판잣집이 있던 시절을 기억한다고 소회하기도 했다. 어느 빌딩인지 살펴보니 맨 위층에 치과 수술 간판이 걸려 있었다.

"저기 치과의원 빌딩 말인가요?" 내가 물었다.

"우와! 저걸 읽을 줄 아네요? 참 내, 무슨 아인슈타인이에요?"

한국에서의 둘째 날 롯데리아 간판을 읽어내지 못해 괴롭던 기억이 떠올랐다. 한국이 완전히 새로운 나라로 거듭났다고 할 만큼 긴 50년을 여기에 살면서 이 사람은 어떻게 한글

읽는 법을 배워 자신을 둘러싼 사회와 접속하고 싶다는 관심조차 없었는지 궁금해졌다. 어쩌면 이리도 다를까?

이태원이나 한남동에 살면서 같은 서구인하고만 교제하는 서구인들이 있다는 것을 안다. 로스앤젤레스에 살아도 사실상 여전히 한국에(대신 고기가 싸고 날씨는 좋은) 사는 것과 같은 한국인이 있는 것처럼. 한국에 산 지 40년 가까이 되는데 한국어를 한마디도 못하면서 아무것도 모르는 외국인들을 상대로 한국 경제 전문가 행세를 하는 사람을 포함해 정말 오래된 '해외 거주자expat'들을 몇 사람 만나봤다.

우리가 경험하는 사회적 유대에는 세 가지 층이 있다. 가족과 가까운 친구들, 직장 동료와 동네 단골 슈퍼 주인 등 좀 더 넓은 범위, 그리고 직접적으로는 알지 못해도 문화와 음식과 사상과 풍속과 편견과 농담과 가치와 유명인들을 상대로 한 무의미한 잡담 등을 공유하는 세상 전반. 이런 해외 거주자들은 첫번째 유대는 강할지 모르나 두번째와 세번째는 취약하다.

나는 도저히 이렇게 살 수 없다. 국적으로 보면 해외 거주자지만 나는 이민자immigrant를 자처한다. 나는 '해외 거주자'를 부강한 나라 출신으로 거주국에 적응하려는 노력을 전혀 하지 않고 사는 사람으로 규정한다. 이곳 한국에서는, 한남동에 살며 무슨 괴상한 이유에선지 몰라도 택시 기사와 편의점 알바가 영어에 능통하기를 기대하는 부유한 서구인들이 통상 그런 부류다. 지인들은 한국을 배우려는 나의 열의를 칭찬하곤 하지만 사실 내가 노력하는 이유는 이기적이다. 소외감을 느끼지 않기 위해 사회적 유대를 넓히려는 필요성 때문이다. 아인슈타인 운운한 그 사람 같은 이들에게는 그런 필요성이 덜한 모양이다.

사회적인 관계를 맺기 싫다면 서구인에게 한국은 살기 쉬운 나라이고 그 반대라면 어려운 나라다. 나로 말하면 관계를 맺으려고 끊임없이 싸우는 느낌이다. 영어를 모국어로 쓰는 사람이 한국 생활에서 모든 것의 열쇠인 한국어를 배우기란 어렵다. 본질적으로 어려워서가 아니라 어떤 한국인도 그걸 기대하지 않기 때문이다.

외국에 살면서 그곳의 언어를 불완전하게 구사하다보면 어쩔 수 없이 겸손해지지 않을 수 없다. 인간은 고난을 통해 성장하고 안일로 인해 위축된다. 한국은 내게 새로 배워야 할 것들과 새로 극복해야 할 문제들을 끝없이 안겨준다. 나는 아직 생활에 편안해지지 않았고, 그래서 계속해서 젊게 살아간다.

각자의 외로움을
함께 이야기할 때

2016년 6월, 영국 사회의 감추어진 온갖 분열을 드러낼 브렉시트 투표를 한 주 앞두고, 토머스 메어라는 사람이 국회의원 조 콕스를 백주대낮에 살해하는 사건이 발생했다. 그는 그녀에게 총을 쏘고 수차례 칼로 찌르면서 "영국을 위해서다!"라고 외쳤다.

백인우월주의자인 메어는 이민과 유럽연합 잔류를 옹호하는 조 콕스를 반역자로 간주했다. 노르웨이 대량살인범 아네르스 브레이비크의 팬이기도 한 그는 온라인을 통해 전 세계 여러 인종차별주의자 단체의 회원으로 장기간 활동해 왔다.

많은 단독 테러범이 그렇듯 메어는 철저한 외톨이였다. 친구도 직업도 없었으며 여자친구를 사귄 일도 없었다고 한다. 함께 살던 할머니가 사망한 후 3년간 혼자 살다가 이 끔찍한 범죄를 저질렀다. 우울증으로 여러 차례 치료를 받기도 한 그는 지역사회 공동체 자원봉사가 자신에게 "이 세상 어떤 정신치료나 약물보다 더 큰 도움이 되었다"고 지역 신문기자에게 말하기도 했다. 안타깝게도 그 길을 계속 가지 못한 것 같다.

메어야말로 사회심리학자 아리에 크루글란스키^{Arie Kruglanski}가 이른바 '중요성의 탐색'이라는 테러리즘 이론을 통해 묘사하는 유형의 사람이다.[•] 이 이론에 따르면 메어나 이슬람 테러리스트 같은 사람들은 자신이 하찮은 존재라는 느낌과 고립감, 그리고 그 결과 찾아오는 의미 탐색의 욕구로 인해 영화 〈택시 드라이버〉의 로버트 드니로처럼 극단적인 선택에 이끌리는 경향이 높다. 뒤틀린 정신상태 속에서 폭력과 대의를 위한 순교가 뒤따르는 탐색을 설계하는 것이다.

아이러니하게도 조 콕스는 외로움 예방 캠페인을 주도하

● 크루글란스키Kruglanski와 오리헤크Orehek, "테러리즘의 동기 유발에 있어 개인적 중요성의 탐색이 차지하는 역할The role of the quest for personal significance in motivating terrorism", 2011. https://pdfs.semanticscholar.org/ed58/bcf3346b5a49f61e3221d73d69eccedece04.pdf

각자의 외로움을 함께 이야기할 때   183

오늘날 젊은이들은
어떻게 살아야 할까?
물론 답은 하나가
아니겠지만, 안정된
공동체를 창조해
외로움이라는 끔찍한
질병이 치유되게 하는
것이야말로 가장
용감한 일이다.

커트 보니것

던 의원이었다. 사건 후 의회는 그녀를 추모해 외로움 위원회를 신설했으며 그 위원회가 발표한 보고서의 결과로 당시 수상 테레사 메이는 '외로움 장관' 직책도 제정했다. 2018년 이 사실을 발표하며 메이는 외로움이야말로 "현대 생활의 슬픈 현실"이라고 말했다.

테레사 메이는 브렉시트라는 골칫거리를 물려받고 그것을 개선하지 못한 총리로 기억되겠지만, 그즈음 전 세계에 대서특필된 외로움 장관 결정만큼은 현명했다. 이 장관이 아무것도 이루지 못한다 해도, 이 결정과 관련된 기사가 전 세계 매체에 실리면서 사람들의 입에 오르내린 것만으로도 무척 유익하다.

아직 우리에게는 이 문제에 대한 인식이 부족하지만 머지않아 외로움은 우리 시대 최악의 사회문제로 손꼽힐 것이다. 통계가 이미 말해준다. 우리는 과거 그 어느 때보다 외롭고, 우리가 지금 느끼는 외로움은 건강에 대단히 해롭다.

· ·

문제의 핵심은 이제 우리에겐 더이상 애쓰지 않아도 자연스레 속할 공동체가 없다는 사실이다. 영국과 한국 등 부유한 선진국이라면 어디든 마찬가지다. 가족도 예전만한 영향력이 없고 사람들은 전에 없이 많은 시간을 혼자 보내며 도시화되고 단절된 삶을 살며 고도로 편리하고 재미있지만 궁극적으로 만족은 주지 못하는 테크놀로지를 통해 잃어버린 것들을 대체해보려 한다. 많은 사람이 더이상 종교를 믿지 않으며 우리를 타인들과 연결해주는 거대 사상도 이제는 없다. 더 넓은 사회에 대해 근거가 없지 않은 냉소적 태도를 보이고, 이웃 및 가까운 사람들과의 유대 또한 약화되었다. 동네 카페 직원과 말을 섞는 일이 얼마나 되며, 마지막으로 그래본 게 수년 전인 경우는 또 얼마나 많은가? 서로 즐겁게 시간을 흘려보내기에는 '너무 바쁘다'. 얼굴을 마주보고 이야기하는 일을 전에 없이 꺼린다.

그뿐만 아니라 자연과도 단절되어 있으며 직장 일에서 만족을 얻을 가능성은 희박하고 전통 매체 및 소셜 미디어를 통해서는 자기도취적이고 쓸데없이 경쟁적인 인간이 되라는 부추김을 받는다.

우리는 지금 과도기에 와 있다. 간섭과 갑질, 위계질서 같은 참기 힘든 것들로부터의 자유와, 자유로운 선택에 대한 욕망으로 전통적인 공동체를 버렸지만 어떤 형태로든 우리는 공동체를 재건해야 한다는 것을 곧 깨닫게 될 것이다. 인간은 근본적으로 공동체 없이 오롯이 개인으로서만은 살 수 없는 사회적 존재이기 때문이다.

전화위복이 될 수도 있다. 그동안 가족, 동네 사람들, 직장 동료들처럼 주변에 자연스럽게 존재하는 사람들을 바탕으로 구성돼왔던 공동체를 이제는 나이나 성별, 직위 같은 것들을 따지지 않고 관심사에 기초한 보다 평등한 방식으로 재건할 기회가 찾아왔다. 살롱 문화의 인기에서 이미 그것을 엿볼 수 있다. 반짝 유행으로 그치지 않았으면 하는데, 여기에는 꽤 좋은 공동체의 조건이 많이 포함돼 있기 때문이다. 살롱 문화는 공동체를 구축할 뿐 아니라 결과 중심주의에서 벗어나 무엇인가를 해나가는 과정을 중시하며, 오프라인을 통해 직접 만나 소통하고 직업이나 학연을 넘어서는 정체성을 찾을 수 있게 도와준다. 그리하여 꼰대가 주도하는 과거 공동체 문화의 위계구조를 벗어난다.

우리에게는 또 집이나 직장이 아닌, 집에서 걸어갈 만한 거리 안에서 자연스럽게 또는 선택에 따라 사람들을 만날 수 있는 '제3의 공간'이 필요하다. 그런 곳이 공원이나 도서관일 수도 있고 취미, 기술 따위를 배울 수 있는 지역 문화관일 수도 있다. 친구를 사귀고 헬퍼스 하이도 누릴 수 있는 조직화된 자원봉사도 더욱 활성화돼야 한다. 지방 정부나 사업체의 재정 및 조직 지원도 중요하지만, 결국 우리 모두의 적극적인 참여에 달린 일이다.

아울러 특히 남자들이 직면한 사회적 유대 결핍에 대한 인식이 제고돼야 한다. 남자들은 중년과 노년에 진입하면서 건강한 사회관계를 유지하는 데 특히 애를 먹는다. 삶과 정체성을 깡그리 쏟아부었던 회사라는 조직이 은퇴나 해고로 사라져버리면 아예 사회 전체로부터 점점 멀어져버릴 위험에 처한다. 남자들은 또 남들에게 도움을 청하기보다는 혼자서 짐을 지는 게 옳다는 사고방식에 젖어 있다. 그런 점에서 남성성에 대한 통념은 벗어던져야 할 멍에다.

호주에서는 '남자의 헛간^{Men's Sheds}'이라는 단체가 천 개 이상 활동중이다. 노년 남성이 모여 가구 복원, 금속 세공, 컴퓨터 조립 등의 작업을 함께하는 모임이다. 단체 리더들의 말에 따르면 남자들은 여자들처럼 친목 모임을 수월하게 만들지 못하므로 이유 없이 함께하려 모이기보다는 무슨 작업을 함께한다는 편리한 구실이 필요했다. 남자들은 직장을 떠난 후 무용한 존재라는 느낌을 받기 쉬우므로 기술을 남에게 전파한다거나 상대로부터 배운다는 사실이 강조된다. 호주에서 시작된 운동이지만 이제 다른 나라에서도 생겨나면서 많은 참가자의 삶을 바꿔놓았다는 호평을 받고 있다.

'작은 것이 아름답다'는 것을 또한 인정해야 한다. 이를테면 은퇴자들이 오랜 세월 익혀온 기술을 활용해 자영업을 시작할 수 있도록 돕는 협동조합 및 지원을 제공할 수 있다. 대단히 효율적이지는 않을지 몰라도 사람들이 좀더 뜻있는 관계를 맺고 보람찬 삶을 살 수 있게 해줄 것이다. 아울러 효율을 지상 가치처럼 받드는 태도를 버리고, 특별한 샷을 쳐야 할 때 골프백에서 꺼내는 클럽쯤으로 바라봐야 한다.

지금까지 쓴 것은 추세를 조금이나마 바꾸기 위한 무수한 제안 중 몇 가지일 뿐이며, 이런 문제는 하나의 거대한 전략에 기대기보다는 국지적으로 고쳐나가야 한다.

하지만 먼저 외로움과, 의미 있는 관계의 결핍을 사회문제로 이야기하기 시작해야 한다.

어느 한 사람의 문제라면 본인의 잘못일 수 있지만 수백만이 공유하는 문제이고, 이 문제로 곤란을 겪는 사람의 숫자가 해마다 증가한다면 그건 사회문제다. 외로움은 지금 그 단계에 와 있다.

우리는 아직도 만성적으로 외로운 사람들을 타고난 괴짜거나 사실은 친구가 많은, 그러니 어서 기운을 차려야 할 사람 정도로 간주한다. 지인의 수보다 관계의 질 문제라는 걸

직관적으로 알면서도 그런다. 오늘날 우리 사회는 많은 수의 관계를 제공하는 데는 아주 능하지만 질 측면에서는 나날이 나빠지고 있다. 그 때문에 수많은 사람이 고립감을 느낀다. 사회는 그 방향으로 우리를 몰아가고 있다.

처음에는 나만 그런 줄 알았다. 그러나 혼자 슬퍼하고 말 주관적인 경험이 아닌 하나의 현상으로 외로움을 생각하고 다른 사람들과 그에 관해 이야기하기 시작한 뒤 나만 그런 것이 아님을, 깊어진 외로움은 현대화가 심화되면서 발생한 것이며 슬프게도 나는 날로 늘어나는 무리의 한 부분일 뿐임을 깨달았다. 그러자 조금 마음이 놓였지만, 한편으로는 우리가 어떤 미래를 향해 나아가고 있는지 걱정되기도 했다. 이제 우리 모두 각자의 외로움에 대해 함께 이야기할 때다.

고독한 이방인의 산책

ⓒ 다니엘 튜더 2021

1판 1쇄 2021년 2월 1일
1판 2쇄 2021년 3월 12일

지은이 다니엘 튜더 | 옮긴이 김재성

기획·책임편집 구민정 | 편집 이현미 | 독자모니터 정소리
디자인 고은이 최미영 | 마케팅 정민호 양서연 박지영 안남영
홍보 김희숙 김상만 함유지 김현지 이소정 이미희 박지원
제작 강신은 김동욱 임현식 | 제작처 영신사

펴낸곳 (주)문학동네 | 펴낸이 염현숙
출판등록 1993년 10월 22일 제406-2003-000045호
주소 10881 경기도 파주시 회동길 210
전자우편 editor@munhak.com | 대표전화 031) 955-8888 | 팩스 031) 955-8855
문의전화 031) 955-2655(마케팅) 031) 955-2671(편집)
문학동네카페 http://cafe.naver.com/mhdn | 트위터 @munhakdongne
북클럽문학동네 http://bookclubmunhak.com

ISBN 978-89-546-7580-2 03840

이 도서의 국립중앙도서관 출판예정도서목록(CIP)은 서지정보유통지원시스템 홈페이지
(http://seoji.nl.go.kr)와 국가자료종합목록 구축시스템(http://kolis-net.nl.go.kr)에서
이용하실 수 있습니다. (CIP제어번호: CIP2020047639)

잘못된 책은 구입하신 서점에서 교환해드립니다.
기타 교환 문의: 031) 955-2661, 3580

www.munhak.com